KB023645

도마뱀은 꼬리에 덧칠할 물감을 어디에서 구할까

도마뱀은
꼬리에 덧칠할 물감을
어디에서 구할까

장석주 산문선

사람의날씨

5

내가 사랑하는
것들

말을 줄이고 줄여서 침묵에 닿고자 했던 내 의도가 이루어졌다면 이 책은 세상에 나올 수 없었을 것이다. 이 세상에서 문자 언어를 가장 적게 쓰는 글의 한 형식에 경도된 적이 있다. 바로 하이쿠다. 하이쿠는 말의 내핍, 말의 살을 발라내고 앙상한 뼈만 남기는 시다. 하이쿠의 직계존비속 같은 산문을 쓰고자 했던 내 의도는 속절없이 실패했다. 남은 것은 침묵의 잔해 같은 것들이다. 침묵은 정보, 소통, 지식의 부정이고 폐기다. 즉, 마음의 나가고 들어오는 것에 대한 일체 끊음이다. 침묵은 여백, 백지, 고요다. 침묵의 외면적 형상에 대해 말한다고 해서 내가 침묵을 잘 안다고 말할 수는 없다. 어쨌든 침묵에 근접해서 그 중심에 서린 고요의 질량에 놀라 나는 안으로 성큼 들어서지 못하고 망설이다가 돌아섰다.

침묵 면전에서의 망설임, 놀라움, 무서움에 마음의 여린 부분이 긁혔다. 가까스로 몇 마디 짧은 말들로 응고된 것들은 그 긁힘의 자국들이다. 나는 실재에서 가장 먼 것들을 더듬거리기를 좋아하는 사람이다. 마음의 가장자리에 바글거리는 아득함은 무, 영원, 우주 따위와 아주 가느다랗게 이어져 있다. 그것들은 항상 마음 안에서 한 줌의 불로 타오른다. 나는 얇은 날개를 가진 곤충처럼 자고 깨면서 불현듯 《논어》의 한 구절, "어찌 네 생각을 하지 않으리오만, 네 집이 멀구나."를 떠올렸다. 나는 오래 이역異域들을 떠돌고 있으니, 네 집은 멀구나! 하고 중얼거리곤 했다.

화가가 되기엔 노동의 강도를 감당할 만한 근력이 모자라고, 요리사가 되기엔 혀가 불행의 감미에 무감각하고, 뮤지션이 되기엔 절대 음감을 타고나지 못했다. 땅을 칠 만큼 분한 노릇이다. 그나마 글쓰기는 겨우 할 수 있는 일이었으므로 나는 날마다 새벽에 일어나 앉아 꾸역꾸역 무언가를 끄적였다. 하지만 장미의 기쁨과 우울, 피아노의 내면에 숨은 강건한 노동의 구조, 돌의 기복이 심한 감정, 정강이의 심미적 위치에 대해서 나는 쓰지 못했다. 나는 몽중생사夢中生死의 일, 가느다란 속삭임, 희박한 아름다움에 경도된 마음의 자취들에 관하여 겨우 몇 자를 적었다. 이 책의 글들이 짧아진 사정은 그와 같다.

책의 제목으로 쓴 것은 파블로 네루다의 시 한 구절이다. 곤핍한 시절에 어리석은 글들을 모아 반듯하게 책을 꾸려 준 후배 시인들 김종훈, 김근, 이영주 시인께 감사드린다.

2014년 봄에
장석주 씀

1

가벼움과
무거움

직립 보행

나는 직립 보행을 하는 영장류에 속한다. 두 다리로 꼿꼿하게 서서 걸음으로써 세계를 관능으로 향유한다. 걷기의 진정한 기쁨은 혼자 걸을 때 뚜렷해진다. 혼자 걸으며 세계의 침묵을 음미해 보라. 대기의 금을 울리는 바람과 그 소리에 화답하는 풀들과 나뭇잎들이 서걱거리는 소리. 혼자 걸을 때 자연은 우리에게 말하기보다 경청하는 자질을 더 키우게 한다. 우리는 세계에 대한 겸손한 경청자로 다시 태어난다. 물소리, 바람소리, 발이 지면과 맞닿을 때 나오는 땅의 한숨들, 낯선 인기척에 놀라 덤불 속에서 공중으로 솟구치는 새의 날갯짓 소리, 언덕에서 풀을 뜯는 염소들의 경망스런 울음소리, 어두운 저녁 낯선 마을에 닿을 때 마을 안쪽에서 들려오는 개 짖는 소리, 외양간에서 소가 김 나는 여물을 저작하는 소리, 간혹 울리는 워낭 소리……. 혼자 걸을 때 이 모든 소리는 더 잘 들린다. "걷는다는 것은 침묵을 횡단하는 것"*이니까.

* 다비드 르 브로통

건축

움집과 동굴은 건축의 원시적 형태들이다. 변덕스런 기후에 노출되었을 때 사람들은 몸을 보호할 그 무엇을 찾다가 움집과 동굴의 효용성을 알게 되었을 것이다. 그것이 건축의 시작이다. 몸의 피난처로써 공간을 만드는 것, 공학 원리의 물리적 구현체, 빛과의 소통을 위해 만든 인공적 내면, 모든 외부들에 저항하는 내부, 헐벗음과 타락에서 우리를 보호하는 인공 모태, 벽들의 합창, "얼어붙은 음악", 존재의 거푸집, 그리고 무엇보다 세상의 모든 예측할 수 있는 재료들로 구축한 예측할 수 없는 것이 건축이다. 신이여, 건축가들에게 평안을 주소서. 삶이 피할 수 없는 고난이며 저주받은 시간이라면, 집은 그 고난에 대한 따뜻한 보상이며 저주받은 시간들에 대한 위로다.

문체

문장은 언어의 통사론적 규칙과 질서에 의해 만들어진다. 반면에 문체를 만드는 것은 글 쓰는 이의 개성이다. 니체는 피로 쓰라고 말한다. 이때 피는 글 쓰는 이의 정신이고 자아다. 문장에 그것을 쓴 사람의 낙인이 찍히면 문체가 된다. 문장에는 좋은 문장과 나쁜 문장이 있다. 좋은 문장이란 통사론적 규칙과 질서에 잘 맞는 문장이다. 나쁜 문장은 그것을 멍청하게 위반하는 문장이다. 문장이 통사론적 규범의 층위에서 그 성취가 평등하지 않다면 문체는 질에서 평등하다. 문체는 질을 갖지 않는다. 문체에는 전압이 높은 문체와 낮은 문체가 있다. 문체는 언어의 통사론적 구조에 스미고 섞인 주체의 피와 체액의 밀도가 결정한다. 문체에 피와 체액의 밀도가 높아지면 전압은 높아진다. 이때 전압은 자아의 힘을 보여 주는데, 나는 전압이 높은 문체를 좋아한다. 내가 좋아하는 문체는 발터 벤야민의 문체, 롤랑 바르트의 문체다. 그들의 책을 읽을 때 황홀해지는 것은 문체 때문이다. 그들의 문체는 미적 관조로 서늘한 빛이 충만한 수정 거울이다!

가벼움과 무거움

무겁거나 가볍다, 몸은, 혹은 삶은. 이것은 근친상간을 금지하는 도덕의 무의식과 은밀하게 관련이 있다. 도덕들이 만든 금지의 장력張力 안에 있을 때 삶은 무거워지고, 금지를 넘어서서 위반의 자유 안에 있을 때 삶은 가벼워진다. 그 둘은 우열 관계에 있지 않다. 한 극단으로 갈 때 삶은 참을 수 없는 지경에 이른다. 무거움도, 가벼움도. 무거움은 진지함 속에서 깊이를 만든다. 깊이는 예나 지금이나 삶과 예술에서 취해야 할 미덕이다. 그래서 예술의 가벼움은 종종 비난의 대상이 되기도 한다. 가벼움은 밝음이고 웃음이다. 그것은 형식의 유희 속에서 퍼지며 번성한다. 가벼움이 무거움의 부정성을 극복하더라도 무거움의 질량을 넘어서서 한없이 퍼지고 번성할 때 경박함과 공허의 나락으로 추락한다. 무거워지지 마라. 무거움이 당신의 삶에서 기쁨을 앗아 가리라. 아울러 가벼워지지도 마라. 가벼움이 당신의 삶을 공허로 밀어 넣으리라.

모든 생명체는 이것 앞에서 평등하다. 이 평등이 정치적 의로움의 바탕이 되어야 마땅하다. 기독교도, 불교도, 이슬람교도 이것을 죄악시하지 않는다. 생명의 불이 타오르도록 하는 질료다. 입으로 들어가는 것. 어떤 모호함도 없이 자명하고 적나라한 것. 수고하고 땀 흘려야만 얻을 수 있는 것. 나는 이것을 평생 먹었다. 슬플 때도 먹고, 기쁠 때도 먹고, 우울할 때도 먹었다. 이 의식을 날마다 더불어 함께 하는 사람들을 '식구食口'라고 부른다. '식구'라는 이름의 공동체. 이것을 떠먹은 숟가락의 노동에 대해 우리는 한 번도 감사하지 않았다. 앞으로도 얼마를 더 먹어야 할지 모른다. 이것의 토대 위에 생각과 의식의 성채가 선다. "무덤에서 무덤으로 가는 짧은 여로"* 속에 찍힌 수많은 휴식의 점들. 이 휴식의 점들이 없다면 삶도 없다. 그렇다고 이것을 구도求道의 행위라고 보기는 어렵지만, 이것을 일정 기간 동안 고의적으로 끊는 것은 구도 행위에 가깝다. 금식은 육체라는 절대적 현전에 대한 저항이고 도발이다. 벽에 머리를 찧는 것만큼이나 어리석긴 하지만, 영장류의 행위 중에서 가장 숭고한 것에 속한다. 불가능을 가능으로 바꾸려는 시도고, 끊을 수 없는 끊는 것이기에.

* 칼 크롤로브, 〈무엇인가 끝나고〉

술

마셔 보니, 이것은 물의 불이다. 살을 덥히고 피를 덥힌 뒤 심장 박동을 한껏 빠르게 뛰도록 한다. 많이 마셔 보니, 물의 불이 나를 삼키는 것을 알겠다. 감정의 평정을 잃고, 혀가 날뛰는 것을 알겠다. 이성을 잃도록 마셔 보니, 마침내 알겠다. 술은 환幻을 불러온다. 그 환의 중심에서 의기양양해지고 잃어버렸던 '젊음'과 '자유'를 되찾는다. 물론 의식의 착종이 빚은 비극이다. 깨고 보니, 현실은 삭막하고 되찾은 것으로 알았던 '젊음'과 '자유'는 자정 너머 사라지는 신데렐라의 마차, 즉 헛것이거나 망령이다. 과음 뒤 이튿날은 항상 지옥이었다. 깨 보니, 숙취와 머리가 깨지는 두통, 괴물이었다가 아주 작은 재앙 덩어리로 위축된 자아가 있었다.

언어 소통이라는 것이 언제나 청각 기관과 음성 기관을 통해서만 이루어지지는 않는다. 너를 향한 내 깊은 감정을 기성의 언어로는 전달할 길이 없다. 말의 한계 때문이다. 나는 말 대신 그윽한 눈길로 너를 바라본다. "남자한테 정말 좋은데! 어떻게 표현할 방법이 없네."라는 광고 언어는 속물 화법의 한 예다. 이 말이 비루한 이유는 어떤 전언을 자명하게 발화해 놓고는 다시 그것을 할 수 없다고 너스레를 떨기 때문이다. 언어는 사회적 관습과 제도가 허락하는 한에서 자기를 표현한다. 속물들은 자기 가치 이상을 말하려는 부류다. 그들은 자신을 더 고상하고 품위 있게 드러내려고 언어를 남용한다. 그들은 자기가 눈멀었다는 사실을 부정하는 눈먼 오이디푸스들이다. 그들은 존재의 공회전을 거듭한다. 그들은 출발하지 않고 도착하려 한다. 벌들의 춤은 곧 벌들의 언어다. 우주에서 가장 우아하고 정직한 언어. 사람의 언어는 벌들의 언어보다 우아하지 않다.

목적

　삶의 목적은 무엇인가? 어렵게 생각할 필요 없다. 사람이 살아 있는 동안에 참을 수 없는 것이 무엇인지 알아보면 된다. 굶주림, 잠, 성욕. 이게 사람이 참을 수 없는 세 가지다. 살아 있는 존재는 그 참을 수 없는 목표점을 향해 달려간다. 어느 금슬 좋은 부부가 있었다. 아내가 먼저 세상을 떠났다. 아내의 죽음을 유난히도 슬퍼 하던 남편이 울면서 말했다. "어이구, 이제 그 좋은 것도 다 썩겠네." 우스갯소리다. "에로틱한 정념은 우리가 살아가는 동안의 유일한 궁극적 목적이며, 육체로 인해 우리는 그 목적에 자신을 바친다." *

* 파스칼 키냐르

취향의 뿌리는 입맛이다. 입맛은 길들여진 감각이다. 저 바깥의 세계를 내 안에 들일 때 미각 기관으로 쓰고 달고 신 맛을 분별하는데, 그런 경험의 누적이 감각을 길들인다. 이때 감각은 감각만으로 국한되지 않고 넓은 의미에서 지각에 수렴된다. 나의 취향은 내가 좋아하는 것들의 바탕 위에서 성립한다. "나는 막걸리 취향이야."라고 말할 때 취향은 원시적 입맛에 가까운 그 무엇이다. 나는 막걸리의 부드러운 목 넘김의 느낌, 텁텁함, 달착지근한 뒷맛 따위에 매혹된 것이다. 취향은 입맛이 세련화로 나가는 도정道程 그 자체다. 입맛이 주체의 내면과 속성을 더욱 멋지게 포장하고 표현하는 무엇이 될 때, 그게 바로 취향이다.

취향은 좋은 것, 상쾌한 것, 기분 좋은 것과 관련이 있다. 취향은 입맛에 문화를 덧씌운 결과다. "내 취향은 스타벅스야."라는 말에서 그것은 또렷하게 드러난다. '스타벅스'가 취향이 되는 것에 커피 맛 자체는 그다지 중요하지 않다. 내가 스타벅스에서 구매하는 것은 커피가 아니라 스타벅스가 가진 아우라다. 우리가 스타벅스에 가는 이유가 단지 커피를 마시기 위함이 아니라는 이야기다. 스타벅스에 가면 기분이 좋아진다. 커피가 있고, 안락한 의자가 있고, 음악이 있고, 친구와 담소를 나눌 공간의 쾌적함이 있다. 우리가 다른 장소가 아니라 굳이 스타벅스를 찾는 것은 거기에 각인된 매혹이 있기 때문이다.

취향은 주체의 본질이나 인격과 상관이 없고, 따라서 존재의 구심점이 될 수도 없다. 성욕은 인간의 본질이지 취향이라고 말하지는 않는다. 본질은 타고나는 바탕이고, 취향은 미적 경험의 누적에 의해 만들어진다. 다시 말해 취향은 후천적 학습 효과에 의해 만들어진다는 것이다. 취향에 따라 우리가 더 좋은 사람이 되거나, 혹은 더 나쁜 사람이 되지는 않는다. 그렇다고 취향이 세계 평화에 기여하지도 않는다. 그것은 단지 존재의 부가적 요소일 따름이다.

반성

늦가을 지나 숲에 가면 잎이 모두 떨어진 활엽의 나무들이 빈 가지로 서 있다. 그 헐거움 사이로 여름내 안 보이던 숲의 모습이 드러난다. 나무 아래 흩어진 돌과 이끼들, 버섯류 따위들이다. 인생의 가을을 넘기고 나자 조금 헐거워진 사이로 '반성'할 것들이 많이 보인다. 이룬 꿈은 초라하고, 이루지 못한 꿈들은 저 너머의 태산이 되어 잠 안 오는 밤마다 나를 짓누른다. 그랬으니 인생에서 반성할 것들이 어디 한둘뿐이랴! 반성은 자기 돌아봄이다. 어떤 진리나 옳은 신념이라 하더라도 반성이 뒷받침되지 않는 것은 위험하다. 역사를 돌아보면 반성과 회의가 없는 진리나 신념은 남을 죽이는 폭력이 되기 십상이다. 모든 파시즘의 독재자들은 제가 옳은 일을 한다는 신념에서 남을 죽이고 억누른다. 그들에게는 반성이 없다.

반성과 회의가 없는 앎이나 신념은 재앙이다. 앎이나 신념은 끊임없이 의심하고 그 당위에 대해 물어야 한다. 그래야 부패하지 않는다. 반성하지 않는 삶은 제 삶을 무시로 돌아보고 반성하는 삶으로 혁신하고 개조해야 한다. 실천이 따르지 않는 반성이란 헛된 짓이다. 나는 늘 스스로에게 속삭인다. 자주 반성하라, 실천에 옮겨라! 나는 길가에 굴러다니는 돌멩이 앞에서도 반성하고, 가을 어느 날 바람이 없는데 혼자 가지에서 떨어지는 나뭇잎 한 장 앞에서도 반성하고, 뜰에 있는 대추나무에 달려 저 혼자 붉고 둥글게 잘 익은 대추를 바라보면서도 반성한다.

느림

비 그친 뒤 풀잎 위에서 느릿느릿 가는 달팽이를 본다. 달팽이
는 한없이 느리다. 행동이 굼뜨고 느린 달팽이는 위빠사나 수행자
같다. 위빠사나 수행자들은 찰나에 마음을 집중한다. 찰나가 영원
이다. 위빠사나 수행자들은 찰나를 영원으로 사는 사람들이다. 찰
나에는 느림과 빠름의 분별이 없다. 흘러가 버린 시간과 흘러오는
시간 사이에 찰나가 꽃봉오리를 연다. 그 찰나에서 삶은 빛난다.
이미 간 것도, 아직 오지 않은 것도 찰나가 아니다. 지금-여기에서
피어나는 게 찰나다. 삶은 과거도 아니고 미래도 아니며, 오직 찰
나라는 꽃봉오리 속에 있다. 느림은 심장 박동의 속도이고, 들숨
과 날숨의 장엄한 우주적 리듬이다. 오솔길을 느리게 걸어 보라.
숲의 향기, 바람의 상쾌, 내 몸을 떠받드는 흙의 안정감이 오롯이
내 것이 된다. 느림은 쉼이고, 여유이고, 한가로움이다. 느림은 온
갖 즐거움을 누리고 행복의 겨움을 향유하는 시간이다. 느림이 없
다면 즐거움도 행복도 없다.

생산과 효율성을 신으로 섬긴 20세기의 사람들은 느림을 게
으름으로 낙인찍고 쫓아 버렸다. 느림이 가져오는 평화, 안식, 창
조의 기쁨을 생각해 보면 실로 어리석고 무지한 행위였다. 느림의
평화주의, 느림의 상생주의는 절멸했다. 대신 무한 경쟁주의와 살
인적 속도주의가 세상을 지배했다. 어디에나 물질적 풍요는 넘치
지만, 삶은 누추하고 비루해졌다. 행복의 유효 기간은 더없이 짧

아지고 불행의 유효 기간은 길어졌다. 느림은 상생과 통섭을 추구하는 21세기의 새로운 가치다. 지금은 느림이 번창하는 마을, 느림이 융성하는 나라가 잘 사는 세상이다.

쉼

삶은 무수한 수고와 피로로 이루어진다. 수고와 피로는 일이 만드는 파생물이다. 일을 하지 않는다면 밥도 옷도 있을 수 없다. 우리는 일을 함으로써 나와 가족의 생계를 부양할 수 있다. 일은 더러는 보람과 기쁨도 불러오지만, 더 자주 수고와 피로를 가져다 준다. 실은 수고와 피로를 담보로 월급과 시급을 받는다고 해야 할 것이다. 세계를 떠받치고 있는 것은 수많은 사람들의 수고다. 그런데 수고는 잠과 휴식이 있어야만 지속할 수 있다. 우리는 수고와 수고 사이에 먹고 마시고 즐기며 긴장을 늦춘다. 먹고 마시고 즐기는 것, 즉 쉼은 수고의 질을 드높이는 데 꼭 필요하다.

우리가 낮에 일을 했다면 밤에는 잠을 자면서 수고로 쌓인 피로를 덜어 내야 한다. 일에 연루되어 있는 동안에 우리는 자유를 유보하고 일에 예속되어 있다고 할 수 있다. 일에서 놓여나 즐기는 쉼의 시간은 우리가 유보했던 자유를 되찾는 시간이다. 다시 말해 쉼은 우리가 일이나 타인과 무관하게 현재의 순간 속에 오롯한 자기로 돌아갈 수 있는 피난처다. 충분한 잠, 몸과 마음의 잘-쉼은 잘-삶의 불가결한 조건이다. 어젯밤 충분히 잘 먹고 잘 자지 못한 사람은 오늘의 일에 부실해질 수밖에 없다. 양질의 쉼 없이 양질의 수고와 삶은 불가능하다. 잘 살고 싶다면 먼저 잘 쉬어야 한다.

침묵

"현실이 무너져 내려 가라앉은 심연에서 기억이 추억을 길어 올리면, 추억에서 침묵이 줄줄 흘러내린다."* 침묵은 소음의 안티 테제가 아니다. 침묵은 스스로 존재를 평정하고 스스로 태어나는 존재다. 그 무엇의 안티테제가 아니란 뜻이다. 차라리 소음은 침묵의 사체, 혹은 돌연변이다. 침묵은 소음을 기르지 않는다. 침묵이 젖을 물려 기르는 것은 소리들이다. 소리들은 침묵에서 멀리 나갔다가도 침묵으로 돌아가려 하는 성질을 끝내 유지한다. 침묵과 소리는 혈연관계다. 자연 속에서 침묵과 벗하며 산 경험이 있는 헨리 데이비드 소로는 이렇게 말한다. "소리는 침묵과 대조를 이루고 침묵을 보듬을 때에만 듣기 좋다."

소리의 파동을 조사해 보면 파동의 사이사이에 짧은 침묵이 깃들어 있음을 알 수 있다. 모든 좋은 소리 속에는 침묵의 흔적들이 남아 있다. 좋은 소리들은 침묵을 좋아하고 침묵을 경청하는 경향이 있다. 침묵과 소리는 상호 삼투한다. 소리는 침묵 속에서 피정避靜하며 묵은 때를 벗는다. 그렇게 소리는 침묵을 받아들임으로써 고귀해진다. 거꾸로 침묵은 소리를 받아들임으로써 스스로 침묵임을 증명한다. 소리가 없다면 침묵도 없다. 그러나 소음은 다르다. 소음은 침묵과는 무관하게 존재한다. 차라리 소음은 존재가 아니라 존재의 흩뿌림이다. 소리는 침묵의 존재를 또렷하게 하지만, 소음은 침묵을 살해한다. 침묵과 소리는 공존이 가능하지만, 침묵이 소음과 공존하는 일은 불가능하다.

* 파스칼 키냐르, 《옛날에 대하여》

꾸어 보니, 그것은 현실이 아니었다. 이를테면 라이너 마리아 릴케가 노래한 '공' 같은 것. "둥그런 모양의 너, 너는 저 높이 날아가며 / 두 손에서 받은 온기를 제 것인 양 거리낌 없이 털어 낸다 / 그러나 일상의 물상들 속에 머무르기에는 / 너무도 무게가 없는 것 / 너무나 사물이 아닌 것." 공은 가벼워서 현실의 중력에 반발하며 공중으로 뛰어오른다. 반발력이 없다면 공이라고 부를 수 없다. 꿈은 공과 마찬가지로 '너무나 사물이 아닌 것'이다. 꿈은 사물들 너머에 있지 않다. 사물들 안의 부재다. 존재론적 지평 안에 있을 수 없기 때문에 꿈은 꿈이다. 언제나 사물들 안에 부재로서 자리 잡는 것! 그것이 부재가 아니라면 스스로 존재를 부정하는 꼴이 된다. 꿈이 이루어진다는 말은 거짓말이다. 꿈은 이루어지지 않는다. 하니, 이루어지는 것은 꿈이 아니다. 이루어진 것들은 이루어질 것이라 기대되었던 현실의 가능성들이다. 꿈은 가능해 보이는 불가능성이다. 배 밖에 나와 펄떡이는 심장은 없다. 사물들의 세계에서 이루어졌다고 믿는 꿈이란 곧 배 밖에 나와 펄떡이는 심장이다.

사람은 하늘에 속하지도 않고 땅에 속하지도 않는다. 하늘과 땅 사이에서 균형을 취하는 존재이다. 하늘과 땅과 사람은 천-지-인 이라는 삼각형에서 각각의 꼭짓점을 이룬다. 잘 산다는 것은 태초 의 잘-있음과 조화를 찾고, 천-지-인 사이에서 균형을 잡으며 살 아야 함을 뜻한다. 천-지-인은 사람 안에서 하나다.

숭고

숭고는 감성과 오성, 혹은 미와 진리의 중간 어디쯤에 존재한다. 도덕에서 말하는 숭고는 희생과 포기에서 생기는 잉여들, 즉 능동적 가난과 가난이 표상하는 금욕주의에서 발견되는 그 무엇이다. 예술에서 말하는 숭고는 미적 실재로 현현된 것, 너머로 우리를 이끌어 가는 자유의 고양, 감각적 직관을 꿰뚫으며 환해지는 윤리적 황홀경이다. 대개 예술에서의 숭고성은 사용, 이득, 수익, 손실과 무관하다. 그 자체로 기쁨이며 보상이다.

가을은 짧다. 날이 차가워져서 장롱에서 내복을 꺼낼 무렵이
면 무더위에 지쳐 잃었던 입맛도 돌아온다. 북방의 시인 백석의
시가 떠오른다. 시인은 "낡은 나조반에 흰밥도 가재미도 나도 나
와 앉아서 / 쓸쓸한 저녁을 맞는다"*고 쓴다. 나조반에 올린 흰밥
과 가자미와 자신을 한 줄에 놓은 것이 특이하다. 아마도 고적한
산골에서 썼기 때문일 테다. 그랬으니 입으로 떠 넣는 흰밥과 가
자미조차도 친구가 되어 "우리들은 서로 미덥고 정답고 그리고 서
로 좋구나"라는 말이 입 밖으로 나왔겠지.

대개 연약한 것들은 기후 변화에 취약하다. 입동이 지난 밭에
서는 거두지 못한 배추들이 얼어서 시들고, 식물들의 광합성 성과
는 현저하게 낮아진다. 밤에는 남도 강물들이 낮은 곳으로 휘어지
고, 관동 하늘에는 미성년의 자잘자잘한 별들이 자욱하다. 저 물들
이 그러하듯 상강 이후 대퇴골을 완성한 소녀들의 혈관은 투명해
진다. 어스름 속에서 황국黃菊은 노랗게 타오르고, 문설주로는 늘
대거미들이 무심코 내려온다. 내 속의 욕심이 덜어지면서 마음도
희어진다. 날마다 투명하고 희어진 것들이 오면 울어라, 여치들이
여. 바야흐로 여치들과 여뀌들과 황국의 전성시대다. 가을은 길지
않으니 그 전성시대도 짧으리!

* 백석, 〈선우사膳友辭〉

2

나는 당신의
활이다

장닭

장면이 바뀌면, 장닭이 암탉들을 거느리고 마당에서 한가로이 모이를 쪼고 있다. 맨드라미처럼 늘어진 빨간 벼슬, 날카로운 부리, 굵고 탄탄한 다리, 붉고 검은 깃으로 덮인 단단한 몸통. 그 장닭이 갑자기 내게 달려들었다. 먼저 장닭에게 돌을 던져 도발했던가? 기억이 모호하다. 돌을 던졌다. 아니다. 나는 마당에서 다른 놀이에 열중하고 있었다. 그런데 수컷의 위용을 한껏 뽐내며 암탉들을 거느리고 모이를 쪼던 장닭이 깃털을 곤두세우고 사나운 기세로 달려왔다. 장닭은 푸드덕거리며 날아올라 내 눈 밑을 날카롭게 찍었다. 미처 헤아릴 틈도 없이 장닭에게 기습을 당한 나는 놀라서 달아났다. 장닭은 나를 쫓아와 덮쳤다. 이 모든 게 눈 깜짝할 사이에 벌어진 사태였다. 눈 아래를 손으로 훔치니 피가 묻어났다. 등에 올라탄 장닭이 내 머리통을 콕콕 사정없이 찍어 댔다. 그때 나는 겨우 세 살이었고, 세 살의 인생만을 감당할 수 있었다.

초록거미

처마 밑 거미줄은 주먹만 한 초록거미의 주거지이자 일터다. 초록거미가 만든 거미줄에는 잠자리나 매미와 같은 곤충들이 달라붙어 있다. 그것들은 초록거미의 먹잇감이었다. 어느 날 참새가 거미줄에 걸려 버둥거렸다. 참새가 약한 것이 아니라 그만큼 거미줄이 튼튼했다. 참새는 거미줄과의 사투 끝에 겨우 사지에서 벗어났다. 그 바람에 공간을 기하학적으로 분할하던 아름다운 초록거미의 거미줄에는 구멍이 휑하게 뚫렸다. 나는 마루 위에 누워 초록거미의 거미줄에 걸린 참새의 사투를 하나도 놓치지 않고 바라봤다. 내가 처음으로 본, 먹고 먹히는 먹이 사슬로 얽힌 세계의 기묘한 낯설음이었다. 다섯 살 때였다.

능구렁이

처마 밑 어딘가에는 능구렁이가 살고 있었다. 능구렁이의 모습을 본 적은 한 번도 없었다. 비 오기 직전이면 처마 밑에서 희미하게 갓난아기 울음소리가 났다. 외할머니에게 물으니 집 어딘가에 커다란 구렁이가 살고 있는데, 비가 오기 직전에는 엄마가 생각나서 운다고 했다. 낡은 초가집을 허물고, 아버지가 새집을 짓는다고 했다. 초가집을 허물었을 때 아주 커다란 능구렁이 한 마리가 초가지붕 속에서 늠름하게 나타났다. 제왕의 풍모였다. 사람들이 다들 감탄을 했다. 어린 나는 그 능구렁이에게 두려움과 매혹을 동시에 느꼈다. 능구렁이는 천천히 움직여 담을 넘고 어디론가 사라졌다. 어른들은 능구렁이를 잡아서는 안 된다고 했다. 그 능구렁이가 집을 지켜 주는 수호신이라고 했다. 여섯 살 때였다.

들판

들판은 끝이 보이지 않았다. 지평선은 이마와 수평으로 닿았다. 외삼촌을 따라 끝이 보이지 않는 들판에 나간 날에는 아득한 현기증이 밀려오곤 했다. 들판 한가운데로는 수로가 지나갔다. 홍수가 날 때는 수로가 범람했다. 물은 잘 익은 벼들이 서 있는 논으로 흘러 넘어갔다. 하늘은 빗줄기로 캄캄하고, 허공을 가득 메운 빗소리는 우렁찼다.

장대와 같은 빗속에서 삽을 든 어른들은 수로를 넘은 물결이 논을 도도하게 휩쓸고 가도 입을 꾹 다문 채 말이 없었다. 어른들도 어쩔 수 없는 일이다. 삽도 아무 쓸모가 없다. 어른들은 성난 물을 바라보며 간혹 탄식만 할 뿐 어쩌지 못했다. 황톳물이 들판을 휩쓸고 지나갔다. 길들은 사라지고, 들판은 거대한 호수로 변했다. 수로와 함께 이어진 길에 똬리를 틀고 붉은 혀를 날름거리던 뱀들도 사라졌다. 그 많던 뱀들은 모두 어디로 피신한 것일까?

몇 날 며칠 내리던 비가 멎자 하늘에 무지개가 섰다. 삽을 어깨에 멘 어른들이 들판으로 달려갔다. 황톳물 아래로 숨었던 들길이 수줍은 듯 드러났고, 수로에 흐르는 물들은 얌전했다. 모로 쓰러진 풀들은 하나같이 황토를 뒤집어쓰고 있었다. 어른들은 벼들을 일으켜 세우고 터진 논두렁을 막았다. 햇빛은 수로의 물 위에 비쳐 물비늘이 번득였고, 뱀들은 물 위를 헤엄쳐 건넜다. 이마와 수평이 되는 위치에 들판이 만든 눈금이 있었다. 그것 때문에 나는 정수리가 뜨거워지고 정으로 쪼듯 아팠다.

벼락

내가 평생을 두고 잊을 수 없는 기억 중 하나는 어린 시절 나를 아슬아슬하게 스쳐 지나간 벼락이다. 앞마루에 앉아 빗줄기를 바라보고 있었다. 그 찰나! 날카로운 빛이 머리 위를 스치며 열린 문을 거쳐 방 안을 가로지르더니 뒷마당에 내리꽂혔다! 뒷마당에는 장독대가 있고, 장독대 옆으로 석류나무가 있었다. 쾅! 사방이 귀청을 찢는 굉음으로 밀려들어 갔다. 뒷마당 어딘가에 벼락을 강하게 끌어당기는 쇠붙이라도 있었던가. 푸른 섬광으로 가득 차 있던 뒷마당. 마치 진공의 공간이 빛으로 가득 찬 듯했다. 뒷마당은 우주를 관장하는 신이 강림한 듯 장엄했지만, 나는 두려움에 떨었다. 닭장 안 횃대에 앉아 있던 닭들이 놀라 일제히 푸드덕거렸다. 개도 찢어지는 소리로 울며 마루 밑으로 몸을 숨겼다.

외계인

지구에 불시착해서 떠도는 외계인을 만난 것은 미국의 달 탐사선 루나 오비터 2호가 발사된 해와 목성 탐사선 갈릴레오가 발사된 해의 중간쯤 되는 무렵이다. 그때 나는 열아홉 살이었다. 장소는 명동에 있는 음악 감상실 '필하모니'. 그는 렌즈가 두꺼운 근시 안경을 끼고 있었다. 그의 겨드랑이에는 베토벤 6번 교향곡의 낡은 악보가 있었다. 그는 괴상망측한 모습이 아니라 엉덩이에 푸른 몽고반을 가진 보통 한국인과 다를 바 없는 외모였다. 그는 베토벤 6번 교향곡을 신청한 뒤 음악이 흐르면 보이지 않는 교향악단을 열정적으로 지휘한다.

제1악장 : 알레그로 마 논 트로포, 바장조, 2/4박자, 소나타 형식이다. 베토벤은 전원에서의 상쾌한 기분을 그린 것이라고 적어 놓았다. 제2악장 : 안단테 몰토 모소, 내림나장조, 12/8박자, 소나타 형식으로 시냇가 주변을 묘사한 부분이다. 끝 부분에 새들이 나오는데 플루트가 꾀꼬리를, 오보에가 메추리를, 클라리넷이 뻐꾸기 소리를 흉내 내며 차례대로 나온다. 제3악장 : 알레그로, 바장조, 3/4박자, 스케르초로 농부들의 즐거운 축제를 연상케 한다. 순박하고 흥겨운 시골 농부의 춤. 세상은 화창하고 춤은 즐겁다. 제4악장 : 알레그로, 바단조, 4/4박자로 피콜로, 트롬본, 팀파니 등이 어우러져 갑자기 몰려오는 폭풍우와 천둥, 번개를 흉내 낸다. 폭풍우가 물러가고 햇빛이 나면 푸른 하늘에 플루트의 소리가 맑게 울려 퍼진다. 제5악장 : 알레그레토, 바장조, 6/8박자, 론도 소나타 형식으로 폭풍우가 그친 뒤의 기쁨을 나타낸다. 클라리넷이 목가를 연주하면 호른이 메아리로 호응한다.

그는 항상 베토벤의 〈전원〉 교향곡을 지휘한다. 그가 지휘하는 〈전원〉 교향곡은 특별해서, 몰입해 듣고 집으로 돌아온 날은 아주 깊고 편안한 잠을 잤다.

이별

　그날 오후 2시에 제약협회의 주간 신문 기자를 뽑는 필기시험을 치를 예정이었다. 나는 시험장에 가지 못했다. 전날 술에 만취되어 아침에 일어나지 못했다. 안드로메다에서 왔다는 그도 더이상 필하모니에 나타나지 않았다. 그가 소녀 A를 만나기 위해 미국으로 갔는지, 아니면 안드로메다라는 고향 별로 떠났는지 나는 알지 못한다. 그 후로 그에 대해 어떤 소식도 듣지 못했다. 나 역시 그 무렵 필하모니에 나가는 걸 그만두었다. 그로부터 13년이나 흐른 뒤에 목성 탐사선 갈릴레오가 발사되었다. 그리고도 몇 년 더 지난 뒤, 갈릴레오가 소행성 아이다를 스쳐 지나간 1993년 8월 28일 오후에 문득 명동에 있는 필하모니를 찾았다. 거기 필하모니는 없었다. 필하모니가 폐업한 지 오래되었다는 얘기를 들었다.

K

외계인과 헤어진 지 3년쯤 지난 어느 날 여름 하오 네 시였다. 헐벗은 나무 한 그루가 태양이 목걸이처럼 걸어 주는 그림자를 공터에 드리우고 있다. 나무의 그림자가 거인의 팔처럼 길게 늘어났다. 나는 푸른 옷을 입고 소녀 K의 집으로 갔다. 닫힌 문을 두드렸지만 아무런 응답이 없다. 망설이다가 기어코 나는 그곳에 간 것이다. 하지만 문은 굳게 닫혀 있다. 닫힌 문 앞에서 이 세상이 나를 거부한다고 생각하니 슬프고 고통스러웠다.

소녀 K를 만나지 못하고 돌아오는 길에 나는 공원의 나무 그늘 아래에 잠깐 앉아 기이하게 늘어난 하오의 나무 그림자들을 눈여겨본다. 그림자를 보며 죽음을 생각한다. 팔뚝에 오스스 소름이 돋았다. 그때 검은 구름장들이 밀려오고 이내 후두둑 빗발이 떨어졌다. 공원에 긴 팔을 늘어뜨리고 있던 거인들은 죄다 어디로 사라진 모양이다. 하오의 나무 그림자들도 없다. 길게 자란 풀들이 긴 머리채를 땅에 끌며 속절없이 젖었다. 나는 공원을 나와 비를 맞으며 걸었다. 내 푸른 옷이 금방 젖어 들었다. 소녀 K를 다시는 만나지 못하리라. 그때 내가 생의 모든 비밀을 탕진해 버렸음을 알았다. 생후 아홉 달이 된 아이를 위해 분유 두 통을 사 들고 나는 집으로 돌아왔다.

1989년 10월 18일, 미국과 유럽의 과학자들이 공동으로 설계
한 목성 탐사선 갈릴레오가 지구에서 발사된다. 서울올림픽이 끝
난 이듬해의 일이다. 갈릴레오는 목성의 대기와 자기장과 위성들
을 2년 동안 탐사할 예정이다. 갈릴레오 탐사선은 1990년 2월 10
일에 금성 부근을 지난다. 이어서 1990년 12월 8일과 1992년 12월
8일에 지구와 달 사이를 두 번 지난다. 1991년 10월 29일에는 951
번 소행성 가스프라를, 1993년 8월 28일에는 243번 소행성 아이
다를 지나쳐 간다. 마음이 참 많이 아프던 시절이다.

지구

소련의 우주 비행사 유리 가가린은 1961년 4월 12일 보스토크 1호를 타고 1시간 28분 만에 지구의 상공을 일주함으로써 인류 최초의 우주 비행에 성공했다. 내 나이 일곱 살 때다. 하천에서 물고기를 잡거나 참나무의 수액을 빨아 먹는 풍뎅이 따위를 잡는 일로 소일하던 때다. 물론 그것은 생계와 무관한 일이었다. 시골에 사는 소년들이 흔히 하는 놀이였다. 나는 그 놀이에 넋이 빠질 정도로 몰두했다. 최초로 지구 바깥에서 지구를 바라본 유리 가가린은 지구의 아름다움에 넋이 빠졌다. "지구는 푸른빛이다!"라고 한 그의 말은 사람들에게 깊은 인상을 주었다. 유리 가가린은 우주 비행을 성공적으로 마치고 돌아온 뒤 중위에서 소령으로 특진하여 우주비행사대 대장 등을 지냈다. 1968년 3월 27일 비행 훈련 중 타고 있던 제트 훈련기가 모스크바 근교 블라디미르 주의 한 마을에 추락해 사망했다. 나는 가끔 유리 가가린이 말한 그토록 푸르다는 지구를 상상한다.

내 유전자 안에는 5억 4천만 년 전 캄브리아기의 기억이 있다. 내 마음은 기억하는 것보다 더 긴 세월을 거슬러 올라간다. 인류가 아직 호모 사피엔스로 진화하기 이전 호모 에렉투스로 머물 때니까, 대략 160만 년 전이다. 홍적세 초기에서 중기에 걸쳐진 시절. 현생 인류의 조상들인 호모 에렉투스들이 사냥을 위해 분주하던 때. 호모 에렉투스의 두개골은 둥글고 뼈는 두꺼웠다. 이마는 쑥 들어가고 턱과 구개□歯는 넓적한 편이다. 그들은 민꼬리원숭이와 현생 인류 사이의 중간 진화 단계를 통과하는 영장류다. 160만 년의 세월이 흐른 뒤 나는 현생 인류로 생명을 받고 푸르스름한 빛에 감싸인 시┬에 도착한다.

오늘은 내가 서른 살을 지나고 다시 서른 살을 기점으로 삼아 스물 몇 번째 맞는 생일이다. 쓸쓸하면서도 기쁜 1,560번째 일요일이 끝나고 무미건조한 1,561번째 월요일이 막 지나가는 중이다. 꽃 한 송이 받지 못하고 미역국도 먹지 못한다. 누구도 미역국을 끓이지 않았으니까. 미역국은커녕 아침과 점심 두 끼니를 걸렀다. 그렇다고 내 마음 어디 깊은 곳에 흐르는 음악이 멈춘 것은 아니다. 1,560번째 일요일, 나는 서울 서쪽에 있는 상암 월드컵 경기장의 CGV에서 신작 영화 한 편을 관람하고 숙주나물을 듬뿍 얹은 베트남 쌀국수를 먹고 들어와 잤다. 일요일이 1,560번이나 지나가는 동안 수많은 포유류와 연체류와 파충류들이 멸종되어 자취를

감추었다. 내가 현생 인류로 지구에서 1,561번째 맞는 월요일, 그
리고 때는 해가 막 기운 저녁이다.

독서

경기도 남단의 소도시 변두리에 있는 금광 호수 주변에 '수졸
재'라는 작은 집을 지어 노모와 함께 산다. 뭐, 크게 자랑할 것도 없
고 부끄러워할 것도 없는 조촐한 삶이다. 새벽에 일어나 책을 읽고
글을 쓴다. 세끼 밥을 먹고 삽살개와 약수터까지 산책을 한다. 낮
에는 음악을 듣고 숲길을 거닐고 찾아오는 벗들을 만난다. 나날의
삶은 가난하고, 가난하므로 단조롭다. 힘들게 원고를 쓰고 어렵게
책을 내면 원고료와 인세가 생긴다. 그 돈으로 국민연금과 의료보
험료를 내고 쌀을 사고 생필품을 사고 전기료를 낸다. 이런 가난
이 기꺼운 것은 날마다 책을 읽는 여유를 허락하기 때문이다. 날
마다 한 권의 책 읽기를 실천하려고 애쓴다.

책을 잘 읽을 수 있는 방법들. 첫째, 책에 몰입한다. 몸과 마음
을 이완하고 책에 흠뻑 빠져든다. 몰입을 통해서 책과 하나가 되
면 마치 무릉도원에 든 듯 행복해진다. 둘째, 책 읽는 즐거움 자체
에 빠져든다. 즐거움이 없다면 지속하기 어렵다. 셋째, 책 사는 데
돈을 아끼지 않는다. 책들을 꼼꼼하게 고르고 사들인다. 책을 고
르는 과정에서 이미 책 읽기는 시작한다. 넷째, 읽은 책들을 다 기
억하려고 애쓰지 않는다. 모두 기억할 수도 없을뿐더러 기억하는
것이 그다지 중요한 것은 아니다. 기억은 상상력을 한정하지만, 망
각은 무한 상상력의 텃밭을 일구는 쟁기다. 망각은 풍요로 나아가
는 길이다. 망각의 크나큰 축복이다. 다섯째, 자기 수준에 맞는 책

을 고른다. 자기가 좋아하는 분야, 좋아하는 저자를 선택하면 실패할 확률이 낮다.

보르헤스는 우주를 거대한 도서관으로 상상했다. 나는 우주를 한 권의 책으로 상상한다. 우주는 인류가 오래전부터 끊임없이 읽어 왔고 앞으로도 여전히 읽어 갈 책이다. 나는 책이라는 낙타를 타고 우주라는 사막을 횡단한다. 보다 많은 책을 읽고 싶다는 욕망은 인간이라는 종이 가진 원천적인 생명 원리에서 불가피한 바가 있다. 이 욕망의 불가피함이야말로 문명의 진화를 추동해 온 힘이다. 책 읽기를 그친 세계에서는 문명의 역동성도 진화도 더 이상 없다. 그런 세계는 빠르게 쇠퇴하고 소멸할 것이다. 그렇다고 내가 뭐, 인류 문명의 발전이라는 거창한 소명 때문에 책을 읽는 것은 아니다. 쉬지 않고 한 권이나 두 권의 책을 읽는 것이 즐거운 까닭이다.

교련 수업

⌃

　나는 1970년대 초반 3,4 대 1의 경쟁을 뚫고 실업계 고등학교에 진학했다. 한 학기를 채 마치기도 전에 학교가 지겨워졌다. 교사들이 진부하고, 교사들의 말이 진부하고, 나를 옥죄는 규율들이 진부했다. 그 진부함은 끔찍했다. 실업계 학과목들이 내게 맞지 않다는 사실이 단박에 드러난 것이다. 그중에서도 교련 수업의 진부함은 최악이었다. 교련복을 입은 학생들이 일주일에 두 번씩 나무를 깎아 만든 가짜 총을 들고 기초 군사 훈련을 받았다. 박정희가 북한의 위협을 국민에게 세뇌하려고 고안한 것이 고교생 군사 훈련이다. 일찍이 자유주의 철학의 세례를 듬뿍 받은 17세 소년의 눈에는 그게 우스꽝스러워 보였다. 나는 꼭두각시놀음에 불참했다. 차량 통행이 그친 한밤중의 횡단보도에서 신호등과 상관없이 건너다니기로 한 것과 다를 바 없는 결정이다. 교련복도 준비하지 않고 교련 수업도 거부하고 운동장 한쪽의 그늘에 앉아 책을 읽었다. 퇴역한 군인 출신인 교련 교사가 협박과 회유를 했지만, 나는 단호하게 교련 수업을 거부했다.

아버지

아버지와 불화하며 불효를 한 것은 평생을 다해도 씻을 수 없는 부끄러움이다. 아버지의 직업은 목수였다. 어쩐 일인지 일하는 날보다 노는 날이 더 많았다. 아버지의 무능력과 게으름을 납득하지 못했다. 아버지의 보잘것없는 직업이 부끄러웠고, 가난도 용서할 수 없었다. 아버지를 맹렬하게 증오했다. 어떤 경우에도 아버지와 같은 삶을 살지는 않겠다고 결심했다.

우선 아버지와의 사이가 결정적으로 어긋난 것은 고등학교 진학을 앞두고서다. 나는 화가가 되고 싶었다. 나는 아버지의 강요로 상업 학교에 진학했다. 내게는 맞지 않는 옷이었다. 나는 2학년 때 학교를 그만두었다. 동해안의 작은 마을에서 몇 달을 지내다가 돌아왔다. 학교로 돌아가지는 않고 대신 시립 도서관에 나가 이 책 저 책 가리지 않고 읽었다. 오래 굶주린 자의 황홀한 식욕으로 책을 탐식했다.

그 무렵 막 취미를 붙인 고전 음악 듣기에 빠져들었다. 종로의 '르네상스'와 충무로의 '필하모니', '전원', '티롤' 등을 전전했다. 하루 대여섯 시간씩은 보통이고, 어떤 날은 열 시간도 넘게 고전 음악을 들었다. 음악 감상실의 어두운 구석에서 미래의 모습을 그려 보곤 했다. 미래는 어두웠다. 암중모색을 해도 길은 안 보였다. 모든 책임이 아버지에게 있다고 생각했다. "아버지는 내가 쓴 환멸의 문장"이었다.

상업 학교를 함부로 그만두었지만 아버지는 아무 말씀도 없
었다. 어느 날 나는 밤늦게 술에 취해 돌아왔다. 비가 내리는 날이
었다. 골목 어귀에서 아버지를 만났다. 검은 유령처럼 빗속에서 나
를 기다리던 아버지의 서른 몇 해 전 모습을 잊을 수가 없다. 아버
지는 내 방황이 끝나기를 묵묵히 기다리셨던 거다.

스물 몇 해가 지나도 잊히지 않는다
고등학교도 제대로 마치지 못하고
부랑자처럼 함부로 떠돌며 살던 그해
온몸을 칼로 깎던 자학의 젊은 날들
스무 살의 경계를 넘어
막무가내로 술 취해 비틀거리며 집으로 돌아오던 길

온몸엔 괴로움이 가득 고여 출렁거렸다
그때 괴로움들은 왜 그토록 많았을까
비 젖은 구두를 철벅거리며 귀가하던 나는
어두운 집 앞 골목 어귀에서 보았다
검은 유령처럼 비 맞고 서 계신 아버지를

나는 빗물 위에 문장 하나를 새긴다
누구나 고통스럽게 쓴다
자기가 살았던 만큼
누구도 자기가 살았던 것 이상으로 쓸 수는 없다

아버지는 내가 쓴 환멸의 문장
빗속에 장화를 신고 서 있는 문장
혀는 이미 굳고 퍼런 이끼가 돋아나기 시작한 문장
내가 너무 오래 잊고 살았던
문장이 빗물 위에서 흩어져 간다

– 졸시, 〈장화를 신은 문장〉

아버지는 2001년에 돌아가셨다. 아버지는 오래 당뇨병을 앓고
계셨는데, 서대문 적십자병원 중환자실로 실려 가셨다가 다시 살아
서 돌아오지 못했다. 내가 아버지의 자리에 서니 아버지의 처지에
대한 이해가 생긴다. 아버지에게 관대하지 못했던 나의 태도를 뒤
늦게 반성하고 후회를 해보지만 헛된 일이다. 정약용도 "내가 남의
아비가 되어서 너희들에게 이처럼 누를 끼치는 것이 부끄럽고, 그
래서 내 저술로써 너희들에게 속죄하고자 하는 것이다."라고 썼다.
　모든 아버지들은 아들에게 생명을 주고 양육비를 대 주고 가

족 공동체의 운명을 책임지는 존재다. 그렇게 가족을 위해 평생을 희생하고도 채무자같이 자식에게 전전긍긍한다. 나는 "아버지가 마시는 술에는 항상 보이지 않는 눈물이 절반"*인 것을 늦게 깨달았다. 아울러 아버지 가슴의 한 켠에 쌓인 그 많은 외로움을 애써 외면한 것도 사실이다. 뒤늦게 후회를 하고 "아버지, 용서해 주세요!"라고 말하려 해도, 아버지는 이미 안 계시다.

* 김현승, 〈아버지의 마음〉

청국장

시골로 내려온 뒤 살뜰한 소규모 영농인으로 변신한 노모는 알궁댕이로 시든 풀밭에서 뒹구는 누런 호박들을 거두고 수수를 털어 볕에 말려 겨울 채비를 벌써 끝내셨다. 부엌에서 노모는 간 고등어를 굽고 그 비릿내와 함께 청국장을 한 상에 올린다. 아, 흰밥과 새 김장 김치와 함께 떠먹는 청국장이 혀끝에서 아득해진다. 늦가을에 모근들은 왜 헐렁해지고, 청국장에는 왜 '청'이 들어가는가. 산림욕장을 다녀오던 오후 내내 병자호란 시절 청나라 군사들이 먹었다는 청국장이 내가 먹는 청국장과 맛이 같았는가에 대한 생각이 골똘해진다.

들에는 지천으로 널린 야생초 가운데 여뀌가 어여쁘고, 입에 들어가는 것들 중에는 청국장이 혀에 달고, 소규모 영농인 노모의 팔과 다리는 아직은 쓸모가 있다. 그랬으니 이 나라 상고 시대 조상들이 먹었던 청국장을 먹으며 나는 가난해도 외롭지 않다고 자부하는 것이다. "우리들은 가난해도 서럽지 않다 / 우리들은 외로워할 까닭도 없다 / 그리고 누구 하나 부럽지도 않다."* 이 자부심의 근원이 어딜까. 어여쁘고 달고 쓸모 있는 것들과 더불어 사니 누구도 부럽지 않다. 나는 정녕 늦가을의 풍운아 아닌가!

---

* 백석, 〈선우사〉

대추나무

저게 저절로 붉어질 리는 없다
저 안에 태풍 몇 개
저 안에 천둥 몇 개
저 안에 벼락 몇 개

저게 저 혼자 둥글어질 리는 없다
저 안에 무서리 내리는 몇 밤
저 안에 땡볕 두어 달
저 안에 초승달 몇 날

- 졸시, 〈대추 한 알〉

시골에 땅을 사서 집을 짓고 봄마다 모란과 작약을 심고 나무들을 부지런히 심었다. 그중에 대추나무도 있었다. 몇 해 지나자 대추나무에 꽃이 피고 대추가 열렸다. 대추가 여무는 모습을 말없이 지켜보았다. 아하, 대추나무 가지에 달린 어린 대추들도 자기 나름대로 익기 위해 고생하는구나! 어디 저절로 성숙하고 완성에 이르는 것이 있으랴! 대추 한 알이 익기 위해서는 스스로의 고투는 말할 것도 없거니와 우주적인 도움이 필요하다. 완성으로 가는 길은 어렵다. 잘못 길을 들어서기도 한다. 그때 필요한 게 자기 돌아봄이다. 무수한 반성과 끝없는 정진 끝에 깨달은 하나의 진리,

바로 인생에 작동하는 고진감래의 법칙이다.

　　위 시가 우연히 광화문 교보빌딩 글판에 붙었다. 그 후로 넘치도록 사랑을 받았다. 대학 총장, 목사, 시장, 정치인, 기자들, 그 밖에 수많은 사람들이 외우고 칼럼과 강연에 인용한다. 외국 문학잡지에도 번역되어 소개되었다. 이 시가 점점 유명해지더니 결국 새로 나온 중학교 2학년 국어 검인정 교과서에도 실렸다.

인생은 부사나 형용사로는 그 뜻을 다 말할 수 없다. 사람은 동물動物, 말 그대로 움직이는 존재다. 발을 가졌으니 발을 사용해서 어디로든지 움직이는 것이 사람이다. 그중에서도 포유동물이다. 사람은 언제나 움직이는 존재이니 인생은 움직임 속에서만 번쩍하고 나타난다. 인생은 동사動詞 속에서 본질을 드러낸다. 어느덧 세월이 흘러 내 나이는 중년을 넘어 노년의 초입에 이르렀다. 20대 청춘들은 나보다 한참 연하다. 청춘이 상류라면 나는 인생의 하류에 와 있다. 상류의 물들은 얕고 흐름은 급하다. 상류의 흐름이 급한 것은 빨리 더 넓은 세상으로 나가고 싶은 조급함 때문이다. 하류의 물들은 넓고 깊으며 흐름은 느리다. 이미 대양의 초입쯤에 도달해서 대양의 냄새를 맡고 어느 정도는 실체를 알아 버렸기 때문이다.

청춘, 어른과 소년의 중간. 그건 비릿한 나이다. 가슴에 꽃과 태양과 연어와 맹수를 품고 질주하는 게 청춘이다. 꿈과 육체, 젊음의 오만과 희망이 청춘의 재산이다. 허나 꿈과 육체, 젊음과 희망은 환전이 안 되는 재화다. 물론 그 가치에 합당한 환불도 불가능하다. 나는 결코 그때로 돌아가고 싶지 않다. 내 청춘은 너무 끔찍했다. 내가 호랑이보다 꿈을 덜 꾼다는 사실 말고는 위안이 되는 것이 없었다. 내가 할 수 있는 건 집 근처에 있는 중학교 운동장을 하염없이 달린다거나, 시립 도서관에 나가 하루 종일 책을 읽는 것밖에 없었다. 나는 날마다 시립 도서관의 참고열람실에 나가 꾸역

꾸역 책을 읽었다. 수많은 책들 중에서 니체, 콜린 윌슨, 바슐라르, 사르트르, 김현, 김우창, 고은, 김수영 들이 위로와 평안을 주었다.

스물네 살 때 신춘문예에 당선했다. 시립 도서관에서 아무 기약 없이 노트에 끼적거린 시와 평론이 빛을 본 것이다. 그리고 밥벌이 수단으로 출판사에 취직을 했다. 스물다섯 살이 되었을 때의 일이다. 서울 인사동 부근에 있던 출판사의 편집부 말단에서 잡다한 책들의 교정지를 하루 종일 끌어안고 있는 게 내 일이었다. 왜 이런 책들이 세상에 나와야 할까 하는 회의가 이는 책들의 교정지를 붙들고 읽는 일은 따분했다. 그때 그리스 출신의 위대한 작가 니코스 카잔차키스의 자서전을 만났다.《영혼의 자서전》(원제는 '그리크에게 이 말을')이 그 책이다. 내게 그 책의 교정지가 주어진 것은 선물이요, 축복이다. 나는 교정을 보다가 어느 대목에서 벼락을 맞은 듯 놀라 얼어붙었다.

주님, 나는 당신의 손에 든 활입니다. 당겨 주소서.
주님, 너무 세게 당기지는 마소서. 나는 약한지라 부러질지도 모릅니다.
주님, 마음대로 하소서. 부러뜨리든 말든 뜻대로 하소서.

나는 당신의 활이다. 당신이 너무 세게 당긴다면 나는 부러질지도 모른다. 활은 당신에게 속해 있으니, 부러뜨리든 말든 그것은 당신의 자유다. 카잔차키스의 기도문은 화살이 되어 내 마음의 과녁을 꿰뚫었다. 나는 여전히 가난한 청춘이고 주린 영혼이었으나, 카잔차키스의 이 구절을 만나고 어쩐지 내가 그때까지 부러지지 않은 채 있다는 것, 그리고 살아 있다는 것이 신들의 영광이라는 생각에 젖어 마음이 넉넉해졌다. 시인 휠덜린은 "존재한다, 살아간다, 이것으로 충분하다."고 했다는데, 나 역시 처음으로 그런 기분이었다. 나는 혼잣말로 중얼거렸다. 나는 존재한다. 나는 살아간다. 이것으로 충분하다!

호메로스, 단테, 베르그송, 니체, 붓다, 레닌, 톨스토이 등을 거치며 다양한 사상 편력을 하던 카잔차키스가 야인野人 조르바를 만난 것은 행운이다. 조르바와 함께 갈탄을 캐는 사업을 함께 꾸리나 실패한다. 나중에 조르바를 주인공으로 내세운 소설 《그리스인 조르바》를 씀으로써 세계적인 작가로 도약한다.

조르바는 이렇게 말한다.
"오라, 인간이란 짐승이로구나. 여보쇼, 두목, 책은 책대로 놔둬요. 창피하지도 않소? 인간은 짐승이오. 짐승은 책 같은 걸 읽지 않소."
인간을 짐승이라고 말하는 자, 책은 짐승에게 어울리지 않는다고 말하는 자, 그가 바로 그리스인 조르바다. 조르바는 단 한 권의 책도 읽지 않았으나 세상이란 책을 속속들이 꿰차고 무시무시한 지혜를 얻는다. 겨우 책이나 끼고 살며 지식 분자에 만족하던 작가는 조르바가 가진 무지의 지혜에 크나큰 충격을 받는다.

카잔차키스는 조르바를 호메로스, 단테, 베르그송, 니체, 붓다, 레닌, 톨스토이와 동렬에 놓으며 위대한 스승으로 꼽기를 주저하지 않는다. 조르바에게 깊은 감명을 받고 "주린 영혼을 채우기 위해 오랜 세월 책으로부터 빨아들인 영양분의 질량과, 겨우 몇 달 사이에 조르바에게서 느낀 자유의 질량을 돌이켜 볼 때마다 책으로 보낸 세월이 억울해서 나는 격분과 마음의 쓰라림을 견디지 못한다."라고 고백한다.

사람들은 카잔차키스가 노벨문학상을 받지 못한 이유는 그리스 출신이기 때문이라고 말한다. 그는 노벨문학상을 받고도 남을 만한 작품들을 남겼다. 그는 죽어서 고향 크레타 섬에 묻혔다. 그가 직접 쓴 묘비명은 다음과 같다.

"나는 아무것도 바라지 않는다. 나는 아무것도 두려워하지 않는다. 나는 자유다."

자유야말로 사람을 사람 되게 하는 절대 가치다. 카잔차키스는 뼛속까지 자유인이었던 조르바에게 감염된다. 그의 방랑과 편력은 자유를 얻기 위한 위대한 여정이었다.

《영혼의 자서전》이 나온 뒤 나는 출판사 대표에게 니코스 카잔차키스 전집 출간을 건의했다. 이 건의가 촉매가 되어 카잔차키스의 전집이 나오게 되었으니, 어쩌다 그의 전집을 읽는 사람을 만날 때마다 나는 혼자 뿌듯하다.

시마詩魔

지금 지구상에 생존하는 시마는 전부 열두 마리라고 알려져 있다. 그마저도 정확하지는 않다. 시마의 생태를 연구하는 데 인생을 바친 한 생물학자에 따르면 시마가 민간에서 관찰되는 경우는 매우 희귀하다고 한다. 어쨌든 시마는 세계 어디서나 멸종 생물종으로 등록되어 특별한 보호를 받는다. 시마에 대한 일체의 포획과 밀렵, 매매 행위 따위가 철저하게 금지되어 있다. 그러니 푸줏간에 가서 콩팥 두 점을 요구하듯이 시마를 불러올 수는 없는 노릇이다. 지금 지구상에 시를 쓰는 사람은 대략 2백만 5천 명 안팎이다. 시마는 절대 부족이다. 시마를 돈 주고 사려는 사람이 간혹 있는데, 그 값은 세계에서 가장 비싼 보석보다 비싸다.

시마는 딱 한 번 내 뇌의 전두엽에 나비처럼 내려앉은 적이 있다. 시마는 귀로 들어와서 뇌의 전두엽에 앉았는데, 느낌이 매우 포근했다. 아주 오래전의 일이다. 정확하게 말하자면 내가 멋모르고 시를 썼던 열일곱 살 무렵이다. 한밤중에 펜 끝에서 검은 잉크가 흘러나왔는데, 그게 그대로 시가 되었다. 그 시는 하도 기이하여 아직까지 누구에게 보여 본 적이 없다. 그때 내 체온은 정상이었고, 맥박도 평시와 다를 바 없었다. 약간 졸려 눈꺼풀이 반쯤 내려오고, 내 안에 구름 같은 게 뭉쳐 다니는 느낌은 분명했다. 나는 오줌을 누고 손을 씻고 다시 책상 앞에 앉았다. 책상 앞에 앉아서 꿈결같이 시를 썼다.

시마는 봉인된 내 오래된 무의식을 찢고 그 안에 있던 여러 형상들을 불러내 거기에 언어라는 옷을 입혀 세상에 내보냈다. 그 뒤로 나는 시마의 방문을 받은 적이 없다. 지금은 시마의 도움을 받을 수도 없고 그런 기대를 접은 지도 오래다. 요즘 나는 시를 쓰기 전에 《주역周易》이나 《산해경山海經》 따위를 읽는다. 언감생심 《주역》이나 《산해경》에서 번쩍이는 영감을 구하지는 않는다. 사실 그 책들에서 영감이나 기발한 착상을 빌려 온다 해도 시대와 풍속이 다르니 요즘과는 맞지 않다. 《주역》이나 《산해경》은 시가 되지 않는다. 그걸로 시를 쓰려는 짓은 언 땅에 오줌 누기요, 헐렁한 삼베 바지로 빠져나가는 헛방귀 뀌기나 같다.

검은 시루 속에서 자라는 콩나물을 생각한다. 날마다 콩나물이 자라는 시루에 물을 주지만 물은 아랫구멍으로 빠져나간다. 머무는 물은 없어도 콩나물은 자란다. 《주역》이나 《산해경》은 콩나물시루를 통과하는 물이다. 시루 안에 있는 작은 콩들은 시의 씨앗들이다. 나는 《주역》이나 《산해경》을 읽으며 마음을 비우려고 애쓴다. 마음이 다 비워진 뒤에 떠오르는 어휘 몇 개를 받아 끼적이는 것이다. 가령 아래에 쓴 시가 그렇다.

가을이다.
제국의 산들에 이목이 쏟아지고

어느 날

내 눈썹이 희어진다.

갈 수 없다면

그곳은

마침내 가야 할 곳이다.

네 개의 편자,

불꽃과 그림자,

세 번째 실연,

기어코 가야 할 이유는

모호하다.

바람이 분다, 그곳에

가라.

가라.

가을이 다 가도

갈 수 없다면

가야 한다.

화살나무 잎 지면

중세의 가을이 닥친다.

기다리지 않아도

올빼미가 날고

중독자들은 술에 취한다.

푸른 정맥을 가진

너는 화사하다.

나는 감자를 쪄서

천일염에 찍어 먹는다.

실패는 어리다.

너무 어려서

나의 열반이다.

가을이 와도

갈 수 없다.

어린 슬픔을 안고

갈 수 없으므로

가라,

가라,

- 졸시, 〈서쪽〉

다시 시마가 찾아온다면? 만약 또다시 시마가 온다면 나는 단호하게 거절하겠다. 시마 없이도 시는 써지고, 나는 열 몇 권의 시집을 펴냈다. 번개, 흙, 무심, 허기, 쓰디쓴 실패들, 쓰레기가 되는 삶, '스미다'라는 말, 무의 노란 싹, 닳은 빗자루, 마른 웅덩이, 돌멩

이, 새 세 마리, 바람, 메아리, 어둠 속에 울부짖는 고라니 따위를
상상으로 숙성시켜 그것들과 언어를 비벼 시를 얻겠다.

3

하이쿠를 읽는
봄밤

얼마나 놀라운 일인가, 번개를 보면서도 삶이 한순간인
것을 모르다니!*

- 바쇼

번개는 말한다

장마 때 번개가 번쩍하고 곧 벼락이 떨어졌다.

어린 시절 시골집 마루에 앉아 있는데, 번개가 번쩍한 뒤

열어 둔 앞문에서 뒷문을 통과해 뒷마당에 벼락이 내리꽂혔다.

그 굉음에 혼비백산할 정도로 놀랐다.

번개는 찰나의 번쩍임이다.

영원이라는 잣대로 재면 유한한 인생이란 번개와 같은

찰나의 번쩍임에 지나지 않을지도 모른다.

'인간의 생명은 백마가 틈을 스치듯 잠시일 따름'이라고

장자가 말했다.

사람들은 유한에 갇힌 인생을 무한으로 바꾸려고

불로초와 불사약을 구하려고 애썼다.

진시황제는 불로초를 구해 오라고

동남동녀 5천 명을 봉래산 신선도로 보냈다.

모든 시도는 실패로 끝났고,

진시황제는 오랫동안 비웃음거리가 되고 말았다.

인생이 유한하듯 재물과 명예도 유한하다.

그걸 무한하다는 듯 꽉 움켜쥐고 사는 사람들을 보면 놀랍다.

그들이야말로 번개를 보면서도 삶이 한순간인 것을

모르는 사람들이다.

* 이 책에 실린 하이쿠들은 류시화 시인이 편역한 《한 줄도 너무 길다》를 참고하였다.

얼마나 이상한 일인가, 벚꽃 아래 이렇게 살아 있다는 것
은!

– 이싸

마침내 서울에도 벗꽃이 만발한다.

벗꽃이 만개한 여의도 윤중로에는 벗꽃놀이 나온 사람들이
차고 넘친다.

작년에도 이 벗꽃 아래를 걸었고,

재작년에도 이 벗꽃 아래를 걸었다.

올해도 낡은 옷 빨아서 입고 윤중로로 달려가니,

바람은 소슬한데,

흰 꽃잎 우수수 꽃비처럼 흩날린다.

벗꽃놀이 나온 사람들 얼굴에 흰 벗꽃에서 뻗쳐 오는 기이한
광휘가 서린다.

삶이 뭐 대수로우랴, 살아서 메밀국수 두 장을 먹고,

이렇게 벗꽃 아래를 걷는 것일 뿐.

"죽음이 뭐 대수로우랴,

산과 언덕에 내 육신을 합치는 것일 뿐."*

장하다, 올해도 벗꽃 아래를 걸었으니!

* 도연명

달에 손잡이를 매달면 얼마나 멋진 부채가 될까?

- 소칸

달에 손잡이를 매달자

추석날 밤하늘에 떠오른 달이 크고 둥글다.

달은 어둠 속에 하얀 가면을 쓰고 나타난 태양이다.

달의 철학이란 태양에 대한 고찰이고 명상이다.

달은 밤의 야경꾼이다.

달은 어두운 골목골목을 하나도 빠짐없이 비추고 돌아다닌다.

달의 반려 동물로 어울리는 것은 단연코 고양이다.

달밤에는 발정 난 고양이의 울음소리를 들으며

보들레르 시집을 읽기에 안성맞춤이다.

달은 주기에 따라 커졌다가 작아졌다 한다.

달은 주기에 따라 초승달, 상현달, 보름달, 하현달, 그믐달로 불린다.

초승달은 눈에 넣어도 아프지 않을 막내딸 같고,

하현달은 오래전 헤어진 애인 같다.

달은 하늘에 매달린 따 먹을 수 없는 과일이다.

달에 손잡이를 매달면 멋진 부채가 될 것이라는

옛 시인의 상상은 어린아이와 같이 천진난만하고 철이 없다.

1969년 아폴로 11호를 타고 달에 착륙한 지구인들이 달에 발자국을 남겼다.

사람이 달에 가서 발자국을 남기는 일을

옛 시인은 꿈속에서조차 상상하지 못했을 것이다.

이 가을 저녁 인간으로 태어난 것이 결코 가볍지 않네

– 이싸

바람이 불 때마다 단풍나무의 붉은 잎들이 우수수 떨어지며
흩날린다.

가을 저녁이다.

이 구멍 저 구멍에서 귀뚜라미들이 튀어나온다.

달 높이 뜨고, 이미 득음의 경지에 오른 풀벌레 소리 드높다.

무덤 도굴꾼들조차 문득 저희들의 일이 덧없다 여겨져

잠시 손을 놓고 회의에 잠기는 해거름이다.

이 저녁, 나는 애초에 형체도 없고 모습도 없었는데

어쩌다가 인간으로 태어났을까.

알 수 없다. 알 수 없으므로 이 생은 가볍지 않다.

생이 무겁다면 죽음은 가벼운 것이겠지.

장자는 아내의 주검을 윗목에 두고

장구를 두들기며 노래를 했지.

생이라는 무거운 굴레를 벗고

홀가분하게 애초에 있던 곳으로 돌아감을 기뻐했던 것이다.

내일 새벽엔 천지에 나무닭이 울고,

북쪽 하늘에서 별들이 떨어지겠다.

올빼미여, 얼굴 좀 펴게나, 이건 봄비가 아닌가

- 이싸

종일 봄비다!

영산홍 붉은 꽃밭에 내리는 비는 붉고, 푸른 굴참나무 숲에 내리는 비는 푸르다. 봄비에 연못에서는 수련이 물 위로 올라오고, 마당 한 귀퉁이에서는 작약 움이 한 뼘이나 키를 높였다.

점심때는 멸치 우린 국물에 국수를 말아 먹었다. 국수 가닥을 볼이 메도록 넣고 어른 말 잘 듣는 상고머리 아이와 같이 서른 번씩 씹었다. 쟁반에 국수 한 그릇, 김치 한 보시기. 그걸로 충분하다. 배가 부르다.

지금 이 시각 나는 혼자다. 찾아올 사람도, 찾아갈 사람도 없으니 혼자일 수밖에 없다. 괜찮아, 혼자라도 괜찮아. 혼자 공연히 중얼거린다.

생각해 보니, 혼자가 아니다. 문설주 아래에 거미줄을 친 거미가 살고, 숲 속 뻐꾸기는 빗속에서도 쉬지 않고 운다. 저 숲 어딘가에 올빼미도 있다. 올빼미는 낮엔 둥지에서 낮잠을 자다가 밤에만 나서는 야행성 노동자다. 대체로 시력이 약하다고 알려져 있다.

시력이 나쁜 눈으로 봄비 내리는 천지를 내다보니,

마치 이마를 찌푸리고 있는 듯 보인다.

어쩌면 이 봄비가 마땅치 않은 것인지.

그래도 이건 봄비가 아닌가! 올빼미여, 얼굴 좀 펴게나!

이 눈 내린 들판에서 죽는다면 나 역시 눈부처가 되리

- 초수이

만일 들판에서 죽는다면

사람들은 방앗간으로 들어가듯 죽음 속으로 들어간다고
말한 것은 사르트르였다.

모두가 '네'라고 할 때 혼자 '아니오'라고 했던
시대의 불복종자 사르트르였지만, 자신을 찾아온
죽음이라는 의례에는 고분고분 복종했다.

사르트르가 죽음에 복종한 것은 그가 무능했기 때문이 아니다.
그는 한 번도 들어가 보지 못한 방앗간 안이 궁금했다.

그래서 그는 죽음 속으로 뚜벅뚜벅 걸어갔다.

결국 인류는 삶이라는 작은 구명보트를 타고
죽음이라는 망망대해를 떠도는 '보트피플'에 지나지 않는다.

오늘날 인간들의 불행은 대부분 병원에서 죽음을 맞는다는
사실에서 유래한다.

병원이 아니라 눈 내리는 들판에서 죽음을 맞는 자는 복된
자다.

그는 눈 내린 들판에서 눈부처로 부활할 것이다.

반딧불 하나가 내 소매 위로 기어오른다, 그래, 나는 풀
잎이다

　　　　　　　　　　　　　　　　　　　- 이싸

여름밤의 은둔자들

여름밤 이슥한 뒤 졸린 눈을 비비며
반딧불이들이 나타나기를 기다린다.
여기저기서 반짝, 반짝.
반딧불이들이 어둠 속에서 군무群舞를 춘다.
작년에도 왔던 그 반딧불이들인가.

사람들이 모두 잠든 한밤중에만 모습을 나타내는
이 은둔자들,
이 비구比丘들,

반딧불이 하나하나 세상에서 가장 작은 발전소다.
이 발전소는 최소이고 최경량을 자랑한다.
게다가 무동력 발전소다.
따라서 오염 물질을 한 점도 배출하지 않는다.

내가 경전을 읽고 있는 사이 나팔꽃은 최선을 다해 피었
구나

- 쿄로쿠

나팔꽃도 최선을 다해 피었구나

단지 돈을 벌려고 일하는 사람은 불행하다.

그들은 딱 해고되지 않을 만큼 열심히 일하고,

겨우 일을 그만두지 않을 정도만큼 봉급을 받는다.

그들에게 일은 영혼이 담기지 않은 돈벌이 수단일 따름이다.

영혼이 담기지 않은 일이란 비천한 노예의 노동에 지나지 않는다.

나는 오늘도 탐욕스럽게 책을 읽는다.

그것이 나의 일이기 때문이다.

누가 시켜서 하는 일이 아니다.

독서는 나의 열락悅樂, 좋아서 하는 일이기에 최선을 다한다.

봐라, 메마른 땅에서 자라나는 나팔꽃도

최선을 다해 피지 않는가!

밤은 길고 나는 누워서 천 년 뒤를 생각하네

– 시키

밤은 길고

추분이 지나고 나면 낮은 짧아진다. 반면에 밤은 길어진다.

서리가 내리고, 곧 얼음이 언다.

초빙과 북풍은 함께 온다.

밤이 기니, 새벽에 깨어나 어두운 밤을 대면한다.

아주 가끔 캄캄한 어둠 속에서 괜히 벽에 머리를 쿵쿵 박는다.

우주의 누군가에게 간절한 마음으로 묻는 것이다.

천 년 뒤에 나는 어디에 있을까요?

너무 울어 텅 비어 버렸는가, 이 매미 허물은

- 바쇼

매미 허물

무더운 여름날, 보일러실을 열었다가, 뱀 허물을 보았다.

뱀! 하지만 그건 산 것이 아니라 허물이었을 뿐이다.

허물을 발견하고 잠깐 가슴이 두근거렸지만, 소름이 돋지는 않았다.

그럴 일이 아닌 것이다.

주인 허락도 없이 보일러실을 빌려 쓴 행위는 괘씸한 일이지만,

그렇다고 무단으로 주거 침입을 했다고 뱀을 고소할 수는 없는 일이다.

허물은 쓰고 버린 몸이다.

뱀은 묵은 몸을 벗어 놓고 새 몸을 얻어 나갔다.

뱀은 새 몸으로 새 삶을 얻었겠다. 뱀아, 축하해!

이 눈부신 환골탈태換骨奪胎!

이 숯도 한때는 흰 눈이 얹힌 나뭇가지였겠지

- 타다토모

숯도 처음부터 검었던 것은 아니었지

두말할 나위 없이 숯은 검다.

숯이 처음부터 숯이었던 것은 아니다.

옛 시인은 까만 숯에서 흰 눈이 얹힌 나뭇가지의 내력을 밝혀낸다.

검정은 음양학에서 음의 기운을 품은 색이다.

양이 높고 따뜻하다면 음은 춥고 낮다.

오행으로 풀면 검정은 계절로는 겨울, 방위로는 북쪽이다.

숯, 까마귀, 검둥개, 흑암신黑闇神 따위가 검다.

검은 것으로 치자면 오계烏鷄도 빠지지 않는다.

오계는 뼈와 깃털, 껍질, 살, 발톱, 부리, 눈까지 다 검다.

오계가 한국을 대표하는 토종 먹거리로 뽑혔다.

내 고향 근처 연산의 한 농원에서 오계의 명맥을 잇고 있다 한다.

고려 말 신돈이 오계로 정력을 보충했고,

조선 숙종 임금이 오계로 중병을 떨치고 일어났다고 한다.

검은 것은 건강에 좋다.

가을 햇살이 여섯 자 장지문을 환하게 물들이는 시골집을 짓고,

파초와 모란과 작약을 심고,

마당에는 오계나 열댓 마리 풀어 놓고 키우며 살고 싶다.

울지 마라, 풀벌레야, 사랑하는 이도 별들도 시간이 지나
면 떠나는 것을!

- 이싸

울지 마라, 풀벌레야

사람은 왜 소리를 듣는가?

특정한 소리가 지닌 물리적 진리를 자각하려는 본능 때문이다.

소리는 위험과 기회를 식별하게 만드는 신호다.

모든 동물에게 청력은 생존과 불가분의 관계가 있다.

포유류의 모든 청각 기제가 완성되는 데 2억 년이 걸렸다.

온갖 소리를 듣는 귀를 가격으로 따지자면 천문학적인 수치로 비싼 물건이다.

정교한 소리 채집 기계를 우리는 얼굴의 좌우 양쪽에 달고 산다.

두 귀가 똑같은 찰나에 소리를 듣는 것은 아니다.

소리가 한쪽 귀에서 반대쪽 귀까지 가는 데 몇 마이크로초가 걸린다.

아울러 양쪽 귀 사이에 있는 두개골은 '소리 그늘'을 만든다.

그 귀로 가을밤에 풀벌레의 울음소리를 듣는다.

듣고 보니, 울음은 풀벌레가 갖춰야 할 우주적 지성이고, 음향악적 교양이다.

가을은 풀벌레들의 교양으로 충만하다.

달밤에 풀벌레가 우니, 사랑하는 이도 운다.

봄이 가고 있다, 새들은 울고, 물고기 눈에는 눈물이

– 바쇼

가는 봄, 물고기 눈에 눈물이

해마다 오는 봄이건만 똑같은 봄이 없다.
새봄은 이전까지 한 번도 보지도 듣지도 못한 봄이다.
이 전대미문의 봄,
하늘은 푸르고, 해는 빛난다.
밤나무 숲 그늘 아래 현호색이 피고,
하늘에서 종달새가 운다.
마음은 활짝 개어 환하건만,
내 속 깊이 감춰 둘 주옥같은 재주와 지혜는 없다.
한심한 영혼이니《노자》나 읽고《주역》이나 읽을 수밖에!
평생 어리석었고, 그 거대한 어리석음을 떨치려
천금의 책들을 부지런히 구해 읽었건만,
가는 봄이 슬픈 건 어쩌지 못한다.
해 질 녘 버드나무 아래 물속의 물고기 눈에서도
눈물이 뚝, 뚝.

벼룩, 너에게도 역시 밤은 길겠지, 밤은 분명 외로울 거야

— 이싸

인류의 고상한 모든 본능은 고독에서 생기고,

고독에 의해 수유授乳된다고 말한 것은 존 쿠퍼 포우어스라
는 사람이다.

돌-고독과 쇠-침묵은 함께 온다.

밤 중에서도 겨울밤이 고독과 침묵을 가장 많이 기른다.

칠흑 같은 겨울밤 바람에 나뭇가지들이 흔들리는 소리,

찬바람에 이리저리 쓸리는 낙엽들이 내는 소리,

먼 데서 산짐승이 내려왔다가 돌아가는 소리에 가만히 귀를
기울인다.

겨울의 밤은 길고, 길어서 외롭다.

너에게도 밤은 길겠지? 하고 물어볼 벼룩조차도 없다.

고독은 절대 이성을 해체한다.

그랬으니 흙벽에 머리를 쿵쿵 박고

그 둔탁한 울림 소리를 벗 삼는 자가 생겨나는 것이다.

땔감으로 쓰려고 잘라다 놓은 나무에 싹이 돋았네

- 본초

땔감 나무에 싹이 돋네

혁명이 필요하다! 여기저기에 진부한 악들이 번성한다.

시급 오천 원 미만의 인생들에게 삶이란 휴전이 없는 전쟁이다.

꼭두새벽부터 밤늦게까지 일해도 가난의 굴레를 벗어날 길이 없다.

가난한 자는 아무리 오래 일해도 가난하고,

부자는 아주 조금만 일해도 여전히 부자다.

가난한 자는 너무 가난하고, 잘사는 자는 너무 잘산다.

우울한 날들을 아무리 오래 견뎌도 기쁨의 날들은 오지 않는다.

세상은 울퉁불퉁하고 불공평하다.

빈곤, 굴종, 불공정…….

오, 여기에 혁명이 필요하다.

혁명은 땔감으로 쓰려고 잘라다 놓은 나무에 돋은 싹이다.

벌레가 울고 있다, 어제까지는 못 보던 벽에 난 구멍에서

– 이싸

어디에나 소리와 진동이 존재한다.

그것들은 실로 우리 일상 세계의 모든 측면을 꿰뚫는다.

이 세계는 온갖 소리를 쌓아 만든 세계인 것.

먹을 갈아서 대기에 풀어 놓은 것 같은 고운 어둠 속에서

귀를 열고 앉아 있다.

흙벽 여기저기에 구멍이 나 있다.

어제 없던 새 구멍도 있다.

구멍들마다 침묵을 경배하는 신실한 신도들이 하나씩 들어

있다.

그 구멍들을 성 토마스 교회가 아니라고 할 근거는 없다.

오늘도 오래된 구멍과 새로운 구멍 속에서

침묵의 신도들이 침묵경을 외고 있다.

거미줄에 나비가 죽은 채로 걸려 있다, 슬픈 풍경!

- 시키

슬픈 풍경!

황조롱이가 부화한 지 며칠 되지 않은 갈매기 새끼를 마구 쪼
아 댄다.

황조롱이는 제 새끼 먹일 살점을 구하려고

남의 새끼를 죽여 살점을 찢는다.

생물계는 먹고 먹히는 인연으로 얽혀 있다.

시골집에는 거미 식구들이 많다.

크고 작은 거미들은 여기저기에 거미줄을 치고 먹잇감을 기
다린다.

벌과 나방들이 거미줄에 걸려든다.

거미줄 아래에는 거미가 먹잇감을 먹고 배설한 찌꺼기들이
널려 있다.

거미는 포식자, 거미줄에 걸린 나비는 피식자.

당신이 포식자라면, 나는 피식자.

당신은 나의 안이고, 나는 당신의 바깥이다.

먹고 먹히는 걸 슬픈 풍경이라고 하지 마라,

그게 시절의 인연인 것을!

봄의 첫날, 나는 줄곧 가을의 끝을 생각하네

- 바쇼

오는 봄이 가는 봄이다

모란, 작약 꽃 피고
버드나무 가지에 물올랐다.
푸른 뱀 열 마리가 돌 틈에서 기어 나오고
검은 제비 삼십 마리가 하늘을 난다.
이미 봄이면 내 맘 속의 봄은 떠나는 봄이다.
북풍 불 때가 봄이었다.
그때 내 마음에 봄이 간절했으니
봄은 겨울 속에서 꾸는 꿈에 지나지 않는다.
오는 봄은 가는 봄이고
봄날 버드나무 가지에 피는 잎은 가을의 끝에 지는 잎이다.

가을 달빛 속에 벌레 한 마리 소리 없이 밤을 갉아먹는다

- 바쇼

달이 부처라도

가을 달은 월면불月 面佛,

천지에 쏟아지는 달빛은 달-부처의 설법,

벌레에겐 설법이 다 무용지물이구나.

벌레는 설법은 듣는 둥 마는 둥

밤을 갉아먹느라 정신이 없네.

겨울비 속에 저 돌부처는 누구를 기다리고 있는 걸까

- 이싸

선사들은 스승에게 밟히고, 몽둥이로 두드려 맞고, 팔다리가
꺾인 뒤 돌연 한 소식을 들었다.

혜능이 뜻밖에도 스승에게서 옷과 밥그릇을 전해 받고
황매산을 급하게 빠져나와 정신없이 도주할 때 따라온 중이
하나 있었다.

그 중이 혜능에게 불법을 구했다.

"먼저 사념들을 버려 머릿속을 깨끗하게 비워 내세요."

혜능이 말을 끊고 오랫동안 침묵했다. 그리고 말을 이었다.

"당신의 본래면목本來面目은 무엇인가요?"

'본래면목'이라는 말을 듣는 찰나, 중은 번쩍하고 깨달음을
얻었다.

가을이었다. 쑥부쟁이가 바람에 흔들거리고 있다.

'본래면목'으로 깨달음을 얻은 젊은 중이

얼굴을 버리고 머리 없는 돌부처로 쑥부쟁이 사이에 서 있었다.

얼굴 없는 돌부처 앞에 얼굴 가진 사람이 하나 서 있다.

하루살이는 일 년이 얼마나 긴지 알 수가 없고,

귀뚜라미에게는 두 번째 가을이 없다는 사실을 나는 안다.

집도, 식탁도, 처도, 아이도, 얼굴도 없는 돌부처는

그저 무심이고, 무념이고, 무상이다.

얼굴 없는 돌부처여, 무소유는 자유의 절대 조건이구나.

그래서 모든 걸 내려놓고 성聖 가난에 들었구나.

일획一劃

초봄에 매화 꽃눈 돋다, 어제와 다른 하늘 밑

∧

내닫는 호랑이다, 호랑이 눈동자다, 저 꽃들!

∨

아버지 가고 맞는 첫봄, 천지에 모란꽃 붉다

∧

벚꽃 폭설 분분하게 날린다, 저 끊긴 인연들

∨

자다 깨다 설친 밤, 개구리 떼 서책書冊 읽는 소리

∧

물 빠진 개펄에 혼자 서 있는 민댕기물떼새

∨

오동은 곧고 소나무 굽었다, 무릇 금생今生이다

110

∧

풍란이 허공에 붓을 친다, 획이 굽은 듯 곧다

∨

하마 당신 올까, 무서리에도 꼿꼿한 까치밥

∧

아, 살아 움직인다, 명월 아래 기러기 떼 서체書體

∨

매화 국화 다 진 뒤 초겨울 앵두나무에 박새

∧

가는 길에 꽃 없어 섭섭할까, 가지마다 눈꽃!

이회

대가리 꼿꼿하게 세우고 덤벼드는 초록 뱀
봄 풀섶에서 겪은 가벼운 접촉 사고

^

비 오시고 돌개바람 이는 날
개들 짖는다, 뭘까, 나라는 존재는

∨

사마귀 암컷이 교미 중인 수컷 대가리를 물고 뜯는다
너는 누구냐? 내 정수리를 망치로 쪼는

^

온종일 어린 딸 혼자 노는 고향 집 뒤뜰
심심하다고 폈다 지는 맨드라미

∨

소나무 가지는 굽었고 솔잎은 푸르렀다
기차가 지나갔다, 어느덧 집은 낡았다

∧

까맣게 회오리쳐 몰려가는 되새 떼
저 허공 어디선가 폭탄 세일 하는 모양이다

∨

초겨울 찬비에 빨래가 젖는다, 당신 떠난 뒤
영혼이 아냐, 내가 사랑한 건 당신 몸

∧

암자 가는 길이 끊겼다, 열이레째 폭설
제 손가락을 고드름처럼 아드득 씹는 동안거 스님

∨

하필이면 쌩쌩 추운 날 골라 세상 뜬 늙은이
꽃철 오면 맘 변할까 서두른 게 분명하다

하이쿠를 외던 시절이 있었다.

시골에 은둔하며 궁핍과 겨울을 견디던 시절이다.

내가 감당해야 할 가난은 결코 자발적 가난이 아니었다.

정신적 단련이 없고 안락한 생활에 길들여진 사람에게

가난은 곧 재앙이었다.

나는 디오게네스*가 아닌데, 잉여를 거부함으로써 자유를 얻은

디오게네스처럼 살려니 꽤나 힘들었다.

하이쿠의 기쁨과 위로가 궁핍과 겨울을 견디는 데 도움이 되

었다.

어느 날 한 줄 시들이 주르륵 입 밖으로 흘러나왔다.

그래서 나온 시가 '일획'과 '이획'이다.

날마다 하이쿠를 외며 산을 올랐다.

산은 오래된 수행자다.

산을 오르며 산이 내게 속삭이는 소리를 조용히 경청한다.

"죽음은 오로지 삶이라는 대가를 지불해야만 살 수 있다.

지금 힘든 것은 다른 세상에서 새 아기로 태어나 위함이다."

죽음은 생물 종種들을 가로질러 간다.

사람 하나하나는 생물 종보다 높은 영들이다.

생물 종들에게 닥치는 죽음과 상관없이 영들은 생명을 지속

한다.

하산 준비를 서두른다. 올라갔으니 내려가는 것이다.

올라가는 길보다 내려가는 길이 더 위험하다.

산행 사고는 올라갈 때보다 내려갈 때 더 많이 일어난다.

하산길에 봄의 예감이 번개와 같이 몸을 스쳤다.

차가운 땅속에서 모란과 작약의 뿌리들이 자양분을 열심히 끌어모으고,

자두나무가 자두꽃을 피우려고 애쓰고 있다.

벌써 태양과 꿀벌과 잎사귀들의 전성시대가 있다.

도마뱀은 꼬리에 덧칠할 물감을 어디에서 구할까.**

아, 하늬바람이 불면 살아 봐야겠다.

봄이 오면 모든 금지를 금지하자.

봄이 오면 불가능한 것을 요구하자.

* 디오게네스는 단순한 삶을 고집스럽게 추구한 고대 그리스의 철학자다. 가방과 옷, 물에 적신 보리빵, 땅에 꽂은 막대기, 그리고 흙을 구워 만든 컵이 디오게네스가 삶에서 필요로 하는 모든 것이었다. 그는 이 최소한도의 소유마저도 사치스럽다고 여겼다. 한 소년이 손으로 물을 떠서 마시는 것을 보고는 흙을 구워 만든 컵조차 필요 없는 물건이라며 주저하지 않고 버렸다.

** 파블로 네루다의 시에서 빌려 온 것이다.

하이쿠

하이쿠는 의미의 기승전결이 없고 내부가 텅 비어 있는 기호들로 이루어졌다는 점에서 시의 원시적 흔적을 가장 잘 보여 준다. 당연하게도 의미를 지향하지 않고 오히려 의미로부터 달아난다. 하이쿠는 짧게 말해지는 것, 기의를 머금지 않은 기표의 덩어리다. 하이쿠는 단지 17자로 완성됨으로써 쓴 것보다 쓰지 않은 부재의 영역에서 공허의 놀라움을 보여 주는, 지구상에서 가장 짧은 시 형식이다. 하이쿠는 의미의 배제, 의미의 면제에서 의미를 일으켜 세운다.

타다토모가 쓴 "이 숯도 한때는 흰 눈이 얹힌 나뭇가지였겠지"라는 하이쿠를 보라. 이 한 줄의 시에서 의미를 찾으려는 노력은 헛되다. 의미가 응결할 수 없을 만큼 단순하다. 검은 숯에서 흰 눈이 얹힌 나뭇가지로 뻗어 나가는 연상만이 시의 전체로서 의연하다. 이싸의 "허수아비의 배 속에서 귀뚜라미가 울고 있네"라는 하이쿠는 어떤가. 이것에도 의미는 없다. 들판에 허수아비가 서 있고, 가만히 귀 기울이니 허수아비 배 속에서 귀뚜라미 한 마리가 울고 있다. 이렇듯 지나가는 가을의 쓸쓸한 한순간에서 세계의 어떤 기미를 포착한다. 그뿐 일체의 의미를 보태려는 노력은 하지 않는다. 이때 하이쿠는 단지 기표들의 모음, 순수한 우연의 파편에 지나지 않는다. 한 철학자는 이렇게 말한다. "우리는 하이쿠에서 근원 없는 반복 행위, 원인 없는 사건, 인간 없는 기억, 닻줄 없는 언어를 인식한다."*

　　좋은 시들은 항상 최소의 언어로 최대의 의미라는 장력張力을 얻는다. 요즘 젊은 시인들의 시들이 대체로 지나치게 장황하다. 시 잡지에 나오는 많은 시편들이 언어들을 남용하고 있다. 그토록 많은 언어들로 최소의 의미만을 수집하는 시들을 읽을 때 나는 씁쓸해진다. 언어가 많고 장황해질수록 시는 볼품없어진다. 반면에 언어의 쓸데없는 낭비를 줄이고 언어의 내핍을 실천할 수 있는 시인일수록 좋은 시를 쓸 가능성은 커진다.

* 롤랑 바르트, 《기호의 제국》

4

얼굴을
읽다

얼굴

　누군가는 표면이라고 우길 테다. 하지만 이것은 표면이 아니라 심층이다. 정확하게 말하자면 심층을 머금은 표면이다. 저 내면 깊은 곳에 산다는 자아라는 짐승이 자주 출현하는 무대이기도 하다. 내 얼굴은 타인의 시선에 의해 발명되는 내 자아다. 우리는 이 표면-심층으로 뻔뻔함을 견디거나 수치심으로 불면의 밤을 새우며 평생을 산다.

이마

침묵이 요구되는 사원寺院이다. 이마의 풍속과 봉쇄 수도원의 규범은 퍽 닮아 있다. 이곳에서는 쩝쩝거리며 음식물을 먹거나, 소란스럽게 떠들거나, 경박하게 웃는 건 허용되지 않는다. 명상과 사유는 환영받지만 집단 여흥이나 사교 활동은 제한된다. 이마는 일체의 소음을 빨아들인다. 따라서 이마는 재담과 농담이 판치는 사교의 장소로는 부적절하다. 침묵은 이마의 두드러진 풍속이다. 침묵 속에서는 영성靈性을 배양하기에 적당하다.

눈은 자칫 세속 일변도일 수도 있는 얼굴에 형이상학이 깃들 근거를 마련한다. 흔히 눈을 '영혼의 창'이라고 부른다. 눈은 성聖 / 속俗 사이를 가로지르는 벽에 뚫린 창이다. 이 투명한 창으로 한 존재의 심연을 들여다볼 수도 있다. 수정체가 보여 주는 투명성과 깊이는 한 인간이 무수한 비밀과 복잡 미묘한 욕망의 존재라는 불변하는 물증이다. 눈이 없다면 아마 정신세계도 존재하지 않을 것이다.

안면-권력이라는 것이 있다면 눈은 권력을 낳고 관리하는 중추적 자리다. 눈은 얼굴의 중심이자 시각적 존재의 중심이다. 본다는 것은 거의 언제나 시각적 인지 이상을 함의한다. 시선이 가진 권력과 독선이 담보하는 특권적 지위를 떠올리면 눈이 존재의 중심이라는 것은 하나도 이상할 게 없다. 또한 눈은 바깥 세계로 나가고 들어오는 존재의 관문이다. '눈을 감다'는 말은 죽음을 가리키는 대체적 관용구이기도 하다. 눈을 감는다는 것은 모든 것의 끝이니까.

코

코는 밋밋한 안면성에 대한 도발의 표징이다. 코의 돌출성과 수직화의 운동은 눈길을 끌기에 충분하다. 그것은 바다 한가운데 저 혼자 우뚝 솟은 섬과 같다. 코는 익명성 때문에 얼굴 공동체의 유력한 후원자이면서도 중요성은 간과되는 편이다. 높이의 심리학을 구현하는 이것 주변에 엷게 깔리는 그늘은 삶의 근원적 고적함을 환기한다. 안면 중앙에 높이 솟구친 코는 얼굴의 조형성에서 매우 중요한 요소다. 아울러 코는 냄새의 매혹에 가장 예민하게 반응한다. 코는 냄새로 세계의 정체를 해독하는 연구자이고, 몸을 숨긴 타자들을 감지해 내는 척후병이다. 냄새는 "추억을 불러일으키는 동시에 잠자는 감각을 일깨우고, 욕구를 채워 주고, 자아상을 규정하고, 매혹의 가마솥을 휘젓고, 위험을 경고하며, 유혹에 무릎을 꿇게"* 한다. 코는 대체로는 무심하다고 할 정도로 얼굴이 짓는 다양한 표정들에 대해 중립적인 입장을 취한다. 얼굴의 중심이면서도 스스로를 변방으로 추방한 유배자의 심리를 내면으로부터 체화한다. 높고 곧은 콧대는 완강한 비타협성의 표지다. 때때로 유아독존의 자만에 빠져 있다는 오해를 사기도 한다. 그러나 타고난 콧대를 어쩌랴. 다른 사람보다 겸양의 미덕을 길러야 한다. 대개의 코는 안심입명安心立命의 처지를 기꺼워하며 자리를 묵묵히 지키며 얼굴의 중심축이다.

* 다이앤 애커먼, 《감각의 박물학》

입술

입술만큼 다양한 유혹의 표정을 만들어 내는 것은 없다. 빛이 점멸하는 현란한 속도로 다양한 표정을 지으며 변신하는 입술의 유혹은 치명적이다. 입술의 약속, 입술의 가치관은 그리 믿을 바가 못 된다. 그것은 쉽게 변하기 일쑤다. 입술의 정체성은 가변적이고 유동적인 소용돌이에서 나오기 때문에 입술 스스로조차 제 말과 약속을 믿지 않는다. 입술은 사랑스럽고 아름답지만 말과 표정의 신뢰도는 그다지 높지 않다. 입술에는 변신과 유혹의 천재들이 밀집해 있다. 입술의 내면에 숨은 바람기 많은 애인들. 변심을 밥 먹듯이 하는 팜므 파탈! 이 팜므 파탈이 언젠가는 당신을 배반하고 곤경에 빠뜨릴지도 모른다.

입술은 형태의 단순성이라는 단점을 어떻게 극복한 것일까. 입술은 천 개의 표정도 지을 수 있다. 변덕스럽고 충동적이고 공격적인 이것. 남자들은 입술의 유혹에 취약하다. (여자들도 마찬가지인가?) 머리로는 아니라고 부정하지만 얼마나 자주 내 마음은 속절없이 입술들의 유혹에 빠져들었던가! 그렇다고 나는 이 유혹의 천재, 변신의 천재를 내놓고 비난한 적은 없다. 그것을 비난하려면 마음이 더 모질었어야 했다. 누가 앙증맞은 세 살배기 입술에서 나오는 거짓말에 불같이 화를 내겠는가! 입술의 유혹에 빠져 인생을 망칠지도 모를 곤경에 열 번이나 빠질지라도 나는 여전히 입술을 사랑할 것이다.

혀

혀는 입속에 은신해 있는 몸이다. 혀는 다재다능하다. 말하는 혀, 맛을 보는 혀, 사랑을 하는 혀. 표면을 덮은 수많은 돌기들은 맛의 전령사들이다. 혀와 입술과 이는 한통속이다. 이것들은 독립된 기관들이지만 빨고 깨물고 핥는 구순□류 운동을 할 때 협력한다. 혀는 강력한 사랑의 도구다. 혀가 당신의 목덜미, 귓불과 귓바퀴, 허리와 겨드랑이, 허벅지 안쪽 등을 툭툭 건드리거나 스칠 때 당신은 성적 자극과 흥분으로 몸을 뒤틀 것이다. 사랑하는 사람의 혀가 당신의 치골과 회음부 중간의 어딘가에 닿을 때 이것은 숫제 작은 남근이다. 정액이 분출되지 않는, 당돌한 남성의 심벌!

턱

턱은 잡식 동물의 강건성을 과시한다. 세상에 말랑말랑한 턱은 없다. 턱은 선사 시대의 인류가 살아남는 데 힘을 보탰다. 인류가 맹금류들과 함께 생존 경쟁을 벌이던 원시 시대적 삶의 양태에 대한 특이점이 발견되는 신체의 한 부분이다. 아마도 우리 조상들의 턱뼈는 더 크고 더 단단했다. 턱뼈가 크고 단단했던 것은 인류가 살아남기 위한 진화에서 불가피한 선택이었을 것이다. 현대로 접어들며 턱의 강건성에 대한 사회적 필요는 크게 낮아졌다. 원시 시대처럼 질기고 딱딱한 것을 자르거나 씹지 않게 되자 턱뼈가 단단할 필요는 없어졌다. 현생 인류의 턱뼈는 눈에 띄게 작아졌다. 큰 턱뼈는 공격적으로 보이고 얼굴의 심미적 균형을 허문다. 요즘은 큰 턱뼈를 깎아 내는 양악 수술이 대유행이다. 단단한 턱뼈는 하이테크 첨단 무기 체계로 바뀐 현대전에서는 쓸모가 사라진 원시 영장류의 재래식 무기다!

뺨

뺨은 조절의 메커니즘을 넓은 배면에 깔고 있다. 뺨은 대지의 덕성을 갖고 있다. 대지가 그러하듯 뺨의 하부에는 땀샘, 피지 분비선, 털, 혈관, 신경 조직의 말단이 자리 잡고 있다. 매끄럽고 밝은 색의 뺨은 건강의 한 지표가 되지만 그렇지 못할 때는 질병을 의심해 보아야 한다. 뺨은 질병의 징후적 공간이다. 하지만 내면의 기질이 쉽게 표층화되는 법은 없다. 뺨은 무디다고 할 정도로 덜 예민한 신경 조직과 융기가 없는 평면의 정체성을 갖고 있다. 이것은 급진적 이데올로기들을 통제하고 삶을 적절하게 조율하면서 얼굴 전체에 균형과 안정이라는 메시지를 흩뿌리는 역할을 떠맡는다.

관자놀이

관자놀이에 주목하는 사람은 거의 없다. 관자놀이는 겉으로는 드러나 있지만 숨어 있는 것이나 마찬가지다. 백일몽의 공장. 쫓기는 자들의 은신처. 여기엔 관능도, 에로틱한 쾌감도 없다. 관자놀이가 있는 얇은 피질 밑에 숨은 혈관들이 그나마 침잠과 칩거의 철학을 암시적으로 보여 준다. 내 시선은 자주 관자놀이가 구현하는 수동적 존재태를 꿰뚫고 그 너머로 나아간다. 관자놀이가 주목을 받는 경우는 거의 없다. 관자놀이는 시선에서 비켜나 있기 때문에 오히려 있는 그대로의 순결성을 지킬 수 있었을 것이다.

눈썹

눈썹은 얼굴이라는 대서사시를 완성하는 데 꼭 필요한 최소한의 형용사들의 모음이다.

이

이는 니퍼처럼 질긴 것을 끊고 맷돌처럼 단단한 것을 갈아서 잘게 빻는다. 이는 드물게 피부 바깥으로 돌출된 유사 뼈다. 딱딱한 이는 때로 사회적 약자가 위협에서 자신을 지켜 내기 위한 원시적인 형태의 무기다. 공격용 무기는 아니지만 짐승들이 천적을 만나 이를 드러내는 것은 공격 신호다. 무언가를 물어뜯을 때 이는 원초의 야만으로 회귀하는 인간의 모습을 살짝 내비친다. 이는 호기심을 끌 만한 별다른 매력은 없지만 평생을 쉬지 않고 노동으로 주인을 부양하는 책임을 다한다. 그런 점에서 성실성의 표본이다. 어리석어 보일 정도로 고집스럽게 씨를 뿌리고 수확을 거두는 제 일에 충직한 소작농의 운명을 내면화하고 있다. 일은 많으나 그 대가는 크지 않다.

목구멍

얼굴에 분포된 여러 기관 중에서 유일하게 얼굴 표면 아래에 숨은 이것은 발성을 담당하고, 잘 씹어 침과 섞은 음식물을 삼키는 구강 기관이다. 얼굴의 심층, 혹은 식도의 초입이다. 시선이 가닿을 수 없는 곳에 숨어 있어서 얼굴과 상관이 없는 얼굴의 타자로 인식될 수도 있다. 얼굴은 이 숨은 기관 때문에 평면의 범속함에서 벗어난다. 목구멍 : 심연의 입구, 목소리가 나오는 검은 구멍. 그 구멍은 깊은 내부와 연결되어 있다. 목구멍이 없었다면 얼굴은 깊이를 머금지 못한 단조로움 때문에 신비성의 전부는 아닐지라도 일부의 훼손은 불가피했을 것이다. 얼굴에 대해 "흰 벽-검은 구멍으로 이루어진 체계"*라고 정의를 내리기도 한다. 목구멍은 안면의 평면성에 대해 시선 바깥으로 숨은 검은 구멍이라는 도발적 형태로 내면-깊이를 구현한다.

* 질 들뢰즈/펠릭스 가타리, 《천 개의 고원》

왼손

왼손은 국외자, 이방인, 사기꾼이다. 범죄의 배후이고, 실패한 혁명가의 아들이며, 실패의 유전자를 갖고 있는 루저다. 훔치는 자요, 험담하는 자이고, 혼란의 진원지다. 왼손은 무능력의 표지이고, 불안한 긍지이다. 나는 오랫동안 왼손에 대한 잘못된 편견들을 갖고 있었다. 그러나 이 모든 편견들은 오른손잡이들이 지배 권력을 갖게 되면서 왼손에 대해 나쁜 소문을 퍼뜨린 결과이다. 왼손은 나약하지만 숭고하고, 덜 유능하지만 고결하다. 왼손은 조울증 기질을 가진 낭만적 예술가요, 세상에서 찾아보기 힘든 이타주의자다. 왼손잡이 애인을 갖게 된 이후 나는 비로소 왼손에 대해 가졌던 그릇된 관념들에서 자유로울 수가 있었다.

옷

옷의 기능은 두 겹이다. 타자의 시선에 드러나는 제 신체를 감
추고, 동시에 자기 안의 보이지 않는 것들을 드러낸다. 옷은 신체
의 어떤 부분들을 가리면서 내적·외적 보호막의 소임을 다한다.
옷은 자기의 욕망과 그날의 기분, 자아도취, 기나긴 자아 형성과
관련된 갈등과 투쟁의 흔적을 고스란히 나타낸다.

사람

사람은 지구상에서 가장 이상한 동물이다. 육안으로는 거의 완벽한 좌우 대칭형의 외관을 가진 이 포유류는 불을 다룰 줄 알고, 선과 악을 구분하고, 화가 날 때는 공격을 하고, 두려울 때는 도망가고, 선택과 분류에 뛰어나고, 대개는 평생을 오른손잡이로 살고(드물게 왼손잡이들도 있다), 남녀노소 가리지 않고 남 험담하기를 즐기고, 거짓말을 중요한 심리적 방어 기제로 쓰고, 추측을 통한 추론에도 능란하다. 이들은 남의 것을 훔치고, 빼앗고, 부순다. 그런가 하면 이들은 시, 음악, 동화를 짓고 그것을 즐긴다. 이들은 착한가 하면 악하고, 악한가 하면 착하다. 이들은 비열하면서도 숭고하고, 숭고하면서도 비열하다.

타자

타자란 누구인가? 타자는 낯선 이다. 그 낯섦은 차라리 타자의 본질이다. 사르트르는 "타자는 지옥이다."라고 한다. 타자는 언제나 내 앞에, 지금 알 수 없으며, 앞으로도 알 수 없는, "내가 완전히 파악할 수 없는 무한성"*으로 서 있다. 타자는 나와는 다른, 나의 바깥에 초월과 외재성으로 존재한다. 타자는 내 앞에서 감추어진 무엇인데, 그 무엇을 찾는 몸짓이 에로스다. 애무는 에로스의 현실태다. 애무는 손에 잡히지 않고 계속 미끄러지는 것을 만지는 행위다. 감추어진 것이란 무엇인가? 아이가 출산함으로써 실체가 드러난다. 아이는 감추어진 것, "타자가 된 나"*다. 타자란 나를 넘어선 또 다른 나다.

* 레비나스

시간

흐름의 연속이 아니다. 흐르는 것은 존재들이다. 시간은 끊이지 않고 이어지는 흐름이 아니다. 시간은 단속적斷續的으로 출현한다. 시간은 동일성의 국면에 있는 흐름을 분절하며 저를 드러낸다. 분절의 찰나마다 익명적 있음이라는 광대놀음이 포말을 이루며 떠오른다. 포말은 떠올랐다가 사라진다. 포말로 떠올랐다가 사라진 시간은 현재의 어디에도 없다. 시간은 현재의 현재에도 나타나지 않는다. 모든 시간은 과거다. 다가오는 모든 찰나들은 시간에 대한 부정이다. 찰나-익명적 있음[나]은 한 묶음이다. 찰나-익명적 있음[나]은 동일한 사건의 한 국면들이다. 그 국면들은 다름아닌 시간의 대체물이다. 시간은 그것의 안쪽으로 침투하지 못하고 바깥으로 밀려 나간다. 찰나-나는 항상 시간의 외부로만 존재한다. 오로지 존재들의 탄생과 죽음, 그리고 광대놀음이 있을 뿐이다. 우리는 찰나의 시간을 버거워하지 않는다. 우리가 버거워하는 것은 단지 탄생과 죽음, 광대놀음뿐이다. 왜냐하면 찰나들이 곧 존재의 소진이기 때문이다.

내가
사랑하는 것들

내가 사랑하는 것들

어린애.

시.

도서관.

사과.

물.

바람.

대숲.

홍차.

나무.

숲.

의자.

만년필.

딸.

건축물들.

파스타

빈센트 반 고흐는 노란 별, 꿈틀대는 청록색 하늘, 금빛으로 출렁이는 밀밭, 녹색 불꽃마냥 공중으로 솟구치는 삼나무 등을 즐겨 그린 네덜란드 출신의 화가다. 고흐의 그림 중에 〈밤의 카페〉를 좋아한다. 이 그림은 내 미각의 기억에 각인된 파스타를 떠올리게 한다. 균류菌類에서 시작된 생명이 직립 보행을 하는 영장류에서 진화의 정점에 도달한다. 진화의 정점에서 인류의 정체는 더도 아니고 덜도 아니고 잡식성 동물이다. 인류는 거의 모든 것들을 먹으며, 그 안에서 쾌락을 느낀다. 철갑상어 알, 지방으로 부푼 거위 간, 썩힌 달걀, 곰 발바닥, 공작새의 혀, 상어 지느러미, 오징어 먹물, 굼벵이, 개미 따위를 삶거나 찌거나 볶거나 굽거나 튀기거나 차갑게 하여 갖은 향신료를 곁들여 먹는다. 나는 처음으로 파스타를 먹었다. 파스타를 먹는 동안에 별다른 감흥이 없었다. 그것을 먹고 난 뒤 세 시간쯤 지났을 때 세상에 이렇게 맛있는 음식도 있구나 하는 감동이 밀려왔다. 내 쾌락의 지리학 맨 꼭대기에는 파스타가 있다. 그 뒤로 여기저기서 먹은 파스타는 그다지 감동이 없었다. 처음 삼킨 파스타를 뺀 모든 파스타는 밋밋했다.

냉면

앵무새는 4백 개의 미뢰를 갖고 있고, 소는 2만 5천 개가 있다. 사람은 어른인 경우 1만 개 정도의 미뢰가 있는 게 정상이다. 풀만 먹는 소에게 그토록 많은 미뢰가 왜 필요한지는 잘 알 수가 없다. 소는 갖가지 풀을 느릿느릿 씹으며 2만 5천 개의 미뢰를 통해 사람들은 도무지 알 수 없는 풀의 깊고 미묘한 세계를 맛보는 것은 아닐까. 그런 남모를 행복한 세계를 갖고 있기에 소들은 늘 느긋한 게 아닐까. 사람이 갖고 있는 각각의 미뢰에는 50개의 미각 세포들이 있다. 냉면을 처음으로 접했을 때다. 내 미각 세포들은 입 안에 처음 들어온 이물질이 만드는 충격을 뉴런으로 송신하느라 정신이 없었다. 태어나던 순간 콧속으로 밀려든 차고 메마른 공기에 충격을 받은 이후로 가장 큰 충격이다. 족히 1리터나 되는 후추로 범벅된 음식이라도 먹은 듯 입안이 얼얼하고, 한순간 뇌가 차갑게 얼어붙는 듯했다.

서태지

1992년 3월 23일. 〈서태지와 아이들〉이라는 음반이 출시되었다. 우리 대중가요사에 한 획을 긋는 사건이었다. 텔레비전에서 그들이 춤추며 노래하는 모습을 보았다. 나는 서태지의 노래를 그다지 좋아하지 않았다. 재기발랄한 힙합 보이들. 그들의 노래에 혁신적인 감수성이 있는 것일까. 나는 사람들이 왜 그렇게 서태지에 열광하는지 이유를 알 수가 없었다. 서태지의 등장은 세대론적 단절감을 느끼게 하는 문화사적 사건이었다.

김광석

가수 김광석이 목을 매 자살했다. 타살의 가능성도 없지 않은데, 경찰은 서둘러 자살이라고 단정 짓고 사건을 매조졌다. 1996년 1월 6일. 음유 시인이라고 불리던 그가 왜 자살했는지 그 이유는 모호했다. 당시 내 주변에는 모호한 일들이 빈번했다. 현실의 자명함이란 모호함을 가리는 가면에 지나지 않는다. 진실은 자명함이 아니라 모호함을 이루는 성분적 요소다. 진실이 자명하다고 외치는 사람은 의심하라. 그는 거짓말을 하고 있는 것이다. 자명한 것은 살아 있다는 사실 하나다. 그 밖에 모든 것은 모호하다. 사람들은 모호한 밥을 먹고, 모호한 관계를 맺고, 모호한 거래를 하며, 모호한 잠을 잔다. 삶의 자리는 모호함의 해방구다. 삶 자체가 모호함 덩어리 아니던가! 우리는 평생을 모호함 속에서 모호함과 싸우다 간다.

장국영

영화배우 장국영, 홍콩 현지 발음으로 장궈룽이 목숨을 끊었다. 2003년 4월 1일. 공교롭게도 그날이 만우절이었다. 사람들은 뉴스를 접하고 만우절 농담인 줄 알았다. 이날 오후 장국영은 홍콩 섬 센트럴에 있는 원화둥팡호텔文華東方酒店 옥상에서 투신했다. 병원으로 옮겼으나 바로 숨졌다. 모든 자살 뒤에는 '아노미'가 있다. '아노미'라는 괴물이 벼랑으로 등을 떠미는 것이다. 그 무렵 한 노시인이 서울 도심의 고층 빌딩에 올라가 바닥을 향해 몸을 날렸다. 장국영이 왜 자살했는지, 노시인이 왜 자살했는지 나는 모른다. 오직 나는 모르는 것을 알 뿐이다.

지강헌

1988년 서울에서 하계 올림픽이 열렸다. 100미터 경주에서 금메달을 딴 캐나다의 벤 존슨은 금지 약물 테스트에서 양성 반응이 나와 금메달을 박탈당했다. 그는 쓸쓸하게 출국했다. 나는 잠실 주경기장에서 출발한 마라톤 선수들이 집 근처 역삼동 대로를 지날 때 거리에 나와 그 모습을 지켜봤다.

서울 하계 올림픽 직후 교도소 호송 차량으로 이동하던 지강헌 등이 집단으로 탈주했다. 그들은 경찰이 쳐 놓은 철통같은 포위망을 뚫고 감쪽같이 사라졌다. 나는 지강헌이 잡히지 않기를 진심으로 바랐다. 지강헌은 어느 가정집에 들어가 숨어 있던 중 은신처가 드러나자 경찰에 저항하며 대치하다가 무참하게 사살되었다. 지강헌은 도피 중에 어떤 사람도 다치게 하지 않았다. 사회 소수자의 짓밟힌 인권에 항의하는 그의 말에서 논리와 수사법은 눈부셨다. 살았더라면 나중에 멋진 시인이 될 수도 있던 사람이었다. 무전유죄無錢有罪 유전무죄有錢無罪라는 말이 한동안 회자되었다.

나는 지강헌을 주인공으로 하는 소설을 꽤나 오랫동안 구상했다. 자료를 모으고 여러 번에 걸쳐 읽으며 소설을 써 나갔다. 10년이 지났다. 20년이 지났다. 소설은 크게 진도가 나가지 못했다. 내 삶이 그것만 한가롭게 붙잡고 있을 수 없는 방향으로 흘러갔기 때문이다.

법

법규를 잘 지킨다고 훌륭한 사람이 되는 것은 아니다. 그는 다만 사회에서 요구하는 최소 가치 기준의 준수자일 뿐이다. 그보다 중요한 것은 내면의 법이다. 내면의 법은 양심에서 나온다. 사회법과 내면의 법이 상충되는 경우가 종종 있다. 사회의 최소 가치 기준보다 내면의 법이 상위법이므로 이럴 경우 양심에 따라 말하고 행동하는 것이 옳다. 사회가 건강한 도덕 생태계를 유지하려면 법규를 얼마나 잘 지키느냐는 것보다 사회 공동체 구성원의 양심에 있는 내면의 법이 얼마나 잘 작동하느냐가 더 중요하다. 내면의 법에 투철하기 위해 나는 사회의 법에 어깃장을 놓은 적이 있다. 그럴 경우 불이익을 받는다. 그에 따라 나는 내 것일 수 있는 기회와 재화와 명예를 잃었다. 잃은 것을 억울해하지 않는다. 그것은 내가 치러야 할 대가다. 오늘의 나를 만든 것은 사회의 법보다는 내면의 법이다.

가난

글을 쓰려는 자들이 첫 번째로 직면하는 장벽은 가난이다. 물론 예외도 있겠지만 대다수 작가 지망생들은 가난하다. 미국 작가 폴 오스터는 《빵 굽는 타자기》에서 이렇게 쓴다. "20대 후반과 30대 초반에 나는 손대는 일마다 실패하는 참담한 시기를 겪었다. 결혼은 이혼으로 끝났고, 글 쓰는 일은 수렁에 빠졌으며, 특히 돈 문제에 짓눌려 허덕였다. 이따금 돈이 떨어지거나 어쩌다 한번 허리띠를 졸라맨 정도가 아니라, 돈이 없어서 노상 쩔쩔맸고, 거의 숨막힐 지경이었다. 영혼까지 더럽히는 이 궁핍 때문에 나는 끝없는 공황 상태에 빠져 있었다." 가난은 오만하고 저급한 제국이다. 이 제국에서 신민들은 영혼까지 더럽혀진다. 진실을 말하자면, 가난은 그 자체로 선도 아니고 악도 아니다.

나는 가난을 싫어한다. 가난 때문에 누려야 할 것을 덜 누렸기 때문이 아니다. 가난은 돈과 물욕에 대한 욕망을 지나치게 크게 키우는 경향이 있다. 가난하지 않다면 돈과 물욕 앞에서 초연할 수도 있었을 것이다. 사자가 바위를 보듯이, 호랑이가 작약을 보듯이. 가난하지 않았다면 척추와 관절, 별과 양잠업에 대한 사유를 더 발전시켰을 것이다. 가난하지 않았다면 사막과 대평원을 가로지르는 여행을 더 좋아했을 것이다. 가난은 나를 한사코 가슴이 뛰지 않는 삶 속으로 내몰았다. 가난은 내게 야수의 심장을 주었고, 분쟁과 경쟁으로 내몰았다. 가난과 더불어 살았을 때 내 영혼은 어떤 침묵도 머금을 수 없었다. 나는 온갖 허섭스레기들을 끌어안고 몹시 시끄러웠다. 나는 오랫동안 소음 속에서 삭막하게 소모되었다.

물병자리

내 별자리는 물병자리다. 천왕성과 토성의 영향을 동시에 받는 물병자리를 탄생 별자리로 점지받은 것은 내 운명이다. 천왕성은 변혁과 자유와 독립성을 추구하는 정신이 강하고, 토성은 현실적인 안정을 추구하며 자기를 유지하려는 기질이 강하다. 천왕성의 기질과 토성의 기질은 길항한다. 천왕성의 기질이 강하게 나타날 때 물병자리 사람들의 운명은 큰 유동성을 머금고, 따라서 기복이 심한 인생살이를 겪는다. 물병자리는 생각을 많이 한다는 특징이 있다. 행동보다 생각이 앞서는 사람들이기 때문에 우유부단하게 비칠 수도 있다. 물병자리들에게 행동이라는 불꽃을 일으키는 요인은 지적 욕구나 숭고한 이상이다. 독창성이 풍부한 그들은 개념 인지와 다채로운 자기표현을 즐기고, 다소 냉정한 태도를 견지한다. 감정적으로 타고난 초연함으로 결혼이나 가정생활에 큰 흥미를 느끼지 못할 수도 있다.

물고기들

세찬 비가 내리는 날이면 시골집 마당에는 덜 익은 개복숭아들이 후두둑 떨어지듯 물고기들이 비와 함께 쏟아졌다. 양동이에 담은 물고기를 쏟은 듯 마당에는 붕어와 미꾸라지들이 지천이었다. 붕어는 파닥거리고, 미꾸라지들은 꿈틀대며 달아났다. 날이 갠 뒤에 닭들이 달려 나와 물고기들을 쪼아 먹었다.

나는 물고기가 어떻게 하늘로 올라가고 어떤 경로를 거쳐 땅 위로 쏟아지는지를 알지 못한다. 분명한 사실은 내가 어렸을 때 물고기들이 하늘에서 비처럼 쏟아지는 일 따위는 흔했다는 것이다. 외삼촌들이 네 명이나 있었는데, 그들이 내가 잠들어 있는 동안 물고기를 잡다가 마당에 풀어 놓았는지도 모를 일이다.

외삼촌들은 가끔씩 들판의 수로에 나가 물고기를 잡아 왔다. 그들은 물고기를 잡는 기술이 탁월했다. 용수와 된장과 양동이를 들고 나가면 반나절 만에 양동이에 가득 물고기를 채워 왔다. 민물게가 올라오는 철의 밤에는 솜뭉치에 석유를 묻혀 만든 횃불을 들고 민물게를 잡으러 나갔다.

그들은 전짓불만 갖고도 참새를 잡을 수 있었다. 처마 구멍에 전짓불을 비추면 참새들은 꼼짝도 못했다. 그들은 손을 집어넣어 참새들을 끄집어내는데, 마치 마술사 같았다. 그들은 새벽에 나무

를 하러 먼 곳으로 떠나기도 했다. 주먹밥을 들고 새벽에 나간 그
들은 캄캄한 밤중에 땔감으로 쓸 나무들을 지게에 가득 지고 왔다.
나무들을 하며 용케 칡뿌리를 찾아 캐올 때도 있었다. 나는 칡뿌리
를 종일 씹으며 쓰고 달착지근한 즙에 탐닉하곤 했다.

성욕

몇 년 동안 여자를 안지 않고 수음도 없이 프란치스코 수도회의 사제와 같이 금욕주의자로 지낸 시기가 있었다. 새벽마다 발기가 일어났지만 뭐, 크게 불편하지는 않았다. 날마다 수영으로 근육을 만든 탓에 아랫배는 잉여의 지방질 없이 납작하면서도 단단했다. 그 아래로 페니스가 솟아 있다. 음경 : 시민권이 구체화되는 별들의 대장간(아리스토텔레스).

정낭의 뿌리 끝에 샘이 있고, 그 샘에 무엇인가 그득하게 고인 느낌이다. 샘은 맑고 투명한 것이 그득했다. 성욕은 넘치지 않고 정신으로 제어할 만큼만 솟았다. 성욕을 참을 수 없을 때는 나름대로의 처방이 있다. 나는 팥밥을 먹고 에스프레소를 마신다. 그러면 신기하게도 성욕이 사라진다. 팥의 어떤 성분이 성욕을 해소하는지는 모른다. 다른 몸에도 이 비방이 통하는지는 모른다. 우연한 발견!

그렇다고 일체의 성욕을 혐오해서 청교도같이 살자고 결의를 했던 것은 아니다. 성욕은 자연스러운 현상이다. 성욕이 생의 에너지로 전환하는 순간은 삶이 가장 힘차게 드러나는 순간이기도 하다. 부끄러워할 까닭이 없다. 다만 그럴 만한 적당한 상대가 없고, 일에 너무 바빠서 기회가 없었다. 그리스의 한 자연철학자는 성교를 "잠깐 동안의 유사 뇌졸중"이라고 말한다. 바타유는 뇌졸중에서 한 걸음 더 나간다. 한 번의 성교는 한 번의 죽음이라고 했다. 누군가와 성교를 한다는 것은 자청해서 뇌졸중에 빠지거나 죽음에 이르는 것이다.

성교 없이 지나가는 시간은 견딜 만하다. 그러나 다정한 이성과의 포옹과 키스가 없는 시간은 견디기 힘들다. 그 결핍이 길어지면 나중에는 견딜 수 없는 지경에 빠져든다. 성교 없는 생활은 견뎌도 다정한 스킨십이 없는 생활은 날이 지날수록 견디기 힘들어진다. 결국에는 뇌의 회로들이 뒤엉킬 정도로 존재가 황폐해진다. 세상의 무엇도 그것을 대신할 것은 없다.

흡연

담배는 백해무익하다고 알려져 있다. 그럼에도 지구상에서 수억 명의 사람들이 줄기차게 담배를 피운다. 그들은 왜 몸에 그토록 해가 된다는 담배를 피우는 걸까? "담배는 흡연가의 주관성을 반영해 주는 거울 그 이상이다. 담배는 우리가 손에 쥐고 있는 대상물일 뿐 아니라 그 자체로서 육체와 영혼을 지닌, 살아 있는 피조물로서 간주되어야 한다. 또한 담배는 시일 뿐 아니라 동시에 시인이기도 하다. 담배 끝에 붙어 있는 불똥은 살아 있는 존재의 심장, 그것도 연약한 여성을 의미하는 여성의 심장과도 같으며, 아울러 마음을 한곳에 집중시키는 유혹의 원천과 다양한 힘을 풍부히 지니고 있다."*

나는 살면서 담배를 한 번도 피우지 않았고, 앞으로도 담배를 피우게 될 일은 없을 것이다. 비흡연자로 사는 것이 내 운명이다. 그렇다고 내가 흡연자보다 도덕적으로 깨끗하다고 말할 수는 없다. 대마초를 핀 적도 없다. 그게 내가 대마초를 하는 사람보다 인격적으로 완벽하다는 증거는 될 수 없다. 어떤 종류의 마약에도 손댄 적이 없다. 마찬가지로 그게 내 인격의 무오류성을 나타내는 증거라거나 자랑거리라고 말할 수는 없다. 다만 분명한 것은 담배나 마약류의 도움 없이도 내 삶은 그럭저럭 살 만했다는 점이다. 우연히 움켜쥔 행운이다. 대마초의 무해성이 입증되고, 인간의 행복 추구권을 보장하는 뜻에서 대마초 사용이 합법화된다

면 대마초를 필 것인가, 말 것인가에 대해 진지하게 고민할 준비
는 충분히 되어 있다.

* 리처드 클라인, 《담배는 숭고하다》

비움

시골에 내려와 살면서 남들이 무리를 지어 몰려가며 부지런을 떠는 것에는 한가롭고, 남들이 나 몰라라 하며 한가로운 것에는 부지런하고자 애썼다. 그중에 하나가 비움을 실천하는 일이다. 채우기에 애쓰고 부지런한 사람은 많아도 비움에 부지런한 사람을 찾기는 어렵다. 그래서 나는 비움에 부지런해지기로 마음먹었다. 한 십년쯤 적게 채우고 많이 걸으니 피가 맑아지고 잔병들이 사라진다.

비움은 내 안의 것을 덜어 냄이지만, 내 안의 것들을 덜어 내 남에게 베풀 때 더욱 빛난다. 비움의 능동적 실천은 스스로를 고귀하게 하는 방법이다. 성경에서 말하는 '마음이 가난한 자'는 곧 비운 자를 말한다. 그들이 천국에 갈 수 있다고 말한다. 노자는 이렇게 말한다. "見素抱樸, 少私寡欲. 소박함을 드러내고 질박함을 품으며, 사심을 줄이고 욕심을 덜어 내라."

비움은 텅 빈 충만이다. 비운 자리에는 무언가를 채울 수 있는 가능성이 생긴다. 아울러 비운 채 가득 차서 마음이 안정되고 보람은 실팍하다. 이미 갖고 있는데 더 채우려고 함은 그침만 못하다. 재산을 불리고 높은 권력을 쥐어도 마음에 만족함이 없다. 이는 곧 재앙이다. 채우려고만 들면 끝내는 사단이 생기고 죽고 만다.

사사로움은 줄이고 욕심을 적게 하라. 꾸밈이 없으면 소탈해지니 시비가 없다. 더 많이 비우니 마음에 텅 빈 충만이 퍼진다. 이게 잘 사는 법이다. 옛 현자들은 끊임없이 비우라고 이른다.《노자》와 《장자》를 끼고 아침에도 읽고 저녁에도 읽은 것은 비움의 초심을 잃을까 염려했기 때문이다.

다시, 비움

먼저 마음 안에 꽉 차 있는 원망과 분노 따위를 내려놓으려고 애썼다. 분노와 슬픔은 마음을 채운 욕망에서 비롯한다. 욕망이 있는 한 마음에 괴로움은 그치지 않는다. 단순한 진리다. 물을 채운 항아리는 물로 출렁이는 법이다. 아울러 비우지 않고 채우려 들면 채워지지 않는 까닭에 마음이 괴롭다. 그러니 너무 많이 갖고 살려고 하지 마라! 너무 많이 가지려면 과욕이 생기는 법이다. 재화를 쌓고 명예를 지나치게 구하는 것은 몸과 마음을 고달프게 한다.

비움이란 욕심을 덜고 소박하게 사는 것이다. 대개의 사람들은 더 많이 갖고 더 많이 채우려고 든다. 물질의 양을 늘리고 규모를 키우는 것이 제대로 사는 모습인 양 사람들은 말한다. 욕심을 채움에는 끝이 없고, 물질의 규모를 키우는 일에는 다함이 없다. 이 불가능한 일에 자신을 묶어 두는 것은 여러 가지 의미에서 고달프다. 채워서 흔해지면 귀함을 모르고, 마음은 교만해진다. 마음이 교만해지면 허물도 는다. 영양의 과잉 섭취는 비만으로 이어지고, 비만은 만병의 근원이다. 많이 먹어 찌운 살은 무른 살이다. 무르니 질병에 취약해진다. 그러니 애써 찌운 살을 도로 빼서 몸을 가볍게 하려는 다이어트가 요즘 유행이 아닌가! 오히려 비워서 좋은 것이 많다. 많지 않으니 귀하게 여기고, 마음이 소박하니 허물이 준다.

음악

들어 보니, 여기에 천국이 있었다. 괴테는 "건축은 얼어붙은 음악"이라고 했다. 바꾸면 음악은 흐르는 건축이다. 음악은 마음이 복잡해서 숨고 싶을 때 숨어 있기 좋은 섬이다. 악기에서 울려 나오는 소리들은 한결같이 침묵의 세례를 받은 것들이다. 음악은 내 속귀의 달팽이관 속에 소리가 아니라 침묵으로 차오른다.

이십대 초반, 나는 나를 핍박하는 세속의 누추함과 지루함을 견디다 못해 마침내 음악이라는 섬으로 망명 신청을 했다. 다행히 망명 신청이 받아들여졌다. 나는 날마다 음악으로 머리를 감고, 음악으로 샤워를 하고, 음악을 먹고 마셨다. 바흐를 듣고, 베토벤을 듣고, 차이콥스키를 듣고, 파가니니를 듣고, 모차르트를 듣고, 브람스를 들었다. 날마다 음악은 내 안의 나쁜 것들을 정화했다. 내 성급함, 허위의식, 과장된 절망, 맹목성, 허장성세 들이 뒹구는 내면의 사막에 비를 뿌리고, 죽은 혼을 살려 일으켰다.

어느 날 나는 음악의 수맥水脈 속에서 피아노의 트릴을 듣게 되고, 바이올린의 피치카토를 듣게 되었다. 척박한 토양에서 음악성이란 나무들이 자라기 시작했다. 올리브나무, 사이프러스, 벵골보리수, 바오바브나무……. 내 영혼은 무수히 작은 새가 되어 이들 나무들 위를 자유로이 활강하며 날아다녔다.

161

나무들이 더 자라자 나는 이들에게서 영혼이 쉴 수 있는 푸른 그늘을 얻게 되었다. 음악은 지주地主가 될 수도 있었던 내 운명을 '뇌주腦主'가 되도록 이끌었다.

다시, 내가 사랑하는 것들

바다.
어머니.
저녁.

나의 '첫'

'첫'은 시작이며 격류고 혁명이다. 그래서 '첫'은 떨림이고 설렘이며 기쁨이다. 나의 '첫'은 언제나 예기치 않음에서 비롯되었다. '첫' 눈, '첫' 키스, '첫' 도보 여행, '첫' 실패, '첫' 불량소년 입문, '첫' 결심, '첫' 시집, '첫' 아이, '첫' 직장, '첫' 사랑, '첫' 집, '첫' 무릉도원. 하필이면 왜 '첫'일까. '첫'은 봉인된 운명이다. 미지수다. 무릇 '첫'이라는 관冠을 쓰고 오는 것들은 청순하고 달콤하고 쓰디쓰다. '첫'은 씨앗이다. '끝'은 열매다.

6월은 첫여름이다. 첫여름은 연두에서 녹색으로 진화한다. 단풍나무와 단풍나무 사이, 뽕나무와 뽕나무 사이로 푸른 해류가 흐르는 밤이다. 푸른 해류에 은하수가 내려앉는다. 자정 너머 은하수는 야광충夜光蟲 무리로 흩어져 흐른다. 여기저기 반짝반짝. 몇 십 마리, 몇 백 마리. 작은 야광충 무리가 군무를 추는 밤은 야시장처럼 은성하다. 공중을 떠다니는 야광충을 귀신으로 오해한 늙은 여인은 잠들었다. 늙은 여인은 자신의 배 속에 나를 열 달 동안이나 숨기고 있었다고 주장한다.

나는 자정 넘어서도 잠 못 들어 어둠 속을 서성인다. 주목 십여 주가 자라는 나의 정원에는 밤에도 샘은 솟고, 백 마리의 새들이 와서 운다. 이 어둠 속에 가득 퍼진 죽음의 방향芳香을 들이마신다. 젊은 벗들이 만든 연못에는 부들과 노랑어리연꽃과 수련이 자란다. 부들은 푸르고, 노랑어리연꽃의 잎은 수만으로 번져 연못을 뒤덮는다. 수련의 잎은 넓고 노랑어리연꽃의 잎은 애기 손바닥만 하다. 벚나무에서 버찌가 익고, 앵두나무에서 앵두가 여문다. 버찌들은 검고 둥글고, 앵두는 빨갛고 둥글다. 언니들에게 언니들의 정신세계가 있듯 버찌들에게는 버찌들의 정신세계가 있다.

텔레비전의 코드를 뽑고, 검은 전화선을 빼라. 모든 소리를 죽여라. 밤새가 운다. 천형天刑으로써 우는 저 밤새의 볼륨을 한껏 키워라. 밤공기를 흔드는 밤새의 청량한 울음소리는 내 두개골을 씻는다. 풀숲에는 여섯 마리의 유혈목이가 숨어 있고, 그 옆에 서른세 마리의 푸른 개구리들이 숨어서 운다. 달이 높이 떠서 유혈목이와 푸른 개구리들을 숨기고 있는 너른 풀숲을 비춘다. 달의 조도를 한껏 올려라. 오, 저마다 야무진 정신세계를 일구는 이것들 속에서 나는 기꺼이 무명인無名人이다. 한때 문명인을 꿈꾼 적도 있지만, 지금은 다 작파하고 오류선생五柳先生 제자 노릇에나 충실하다. 더 정확하게 말하자면, 나는 음식을 담는 푸대자루거나 6리터의 혈액을 담는 혈액 보관함이다. 지금은 상형 문자를 겨우 해독하는 짐승이다.

수많은 구름들이 흘러갔지만, 한 번도 같은 구름은 없었다. 언젠가 내 몸이었던 구름들! 구름은 내일의 내 무덤이자 오늘의 내

시간이다. 동풍이 서쪽으로 구름을 밀 때 나는 다만 온화한 태도
를 갖고자 한다. 물과 땅과 나무들의 세계 속에서 나는 삶이 익숙
하다. 이 익숙한 태양력의 세계에서 나는 걷고 말하고 먹고 잔다.
때때로 척추를 세우고 걷는 직립 인간으로서 내 삶은 낯설어진다.
나는 나의 진부한 재고在庫이거나, 번개처럼 찰나에서만 나타나는
비범한 타자他者다. 해 질 녘이면 한사코 어디론가 숨고 싶어 한다.
나의 '첫' 시골에서 나는 천진난만한 야만인이다. 나의 '첫' 무릉도
원에서 나는 비전향 무기수다. 산다는 건 흉측한 불운인가, 아니면
불가피하게 아름다운 운명인가. 나는 오로지 나의 속세일 따름이다.

지금도 해 질 녘이면
어디론가 숨고 싶어져.

시골 다방 같은 데,
지평선이 보이는 딸기밭 같은 데,

그런 덴 없겠지?
이젠 없겠지?

졸시, 〈가협시편〉

시립 도서관

대학 진학의 꿈을 버리고 나는 시립 도서관의 문턱이 닳도록 드나들며 온갖 책들을 읽었다. 도서관의 모든 책들을 읽을 기세로 덤벼들었으나 물론 그건 터무니없는 꿈이다. 날마다 책 한 권을 읽는 원칙을 세우고 그에 따랐다.

반가통半可通이 사물의 이치를 어렴풋하게 깨닫는 세계라면, 전가통全可通은 사람이 깨치고 알아야 할 사물의 이치와 앎들을 분명하게 추구하는 세계다. 나는 이덕무나 정약용 같은 사람. 전가통의 세계를 추구한 사람들이다. 대대수 사람들에게 삶의 기초적 바탕이 되는 앎은 반가통의 앎이라고 할 수 있다.

책을 읽지 않는 사회는 반가통이 통용되는 사회다. 늑대들의 울부짖음이 진리를 대신할 수는 없는 노릇이다. 하지만 반가통의 세계에서는 그런 있을 수 없는 일들이 종종 일어난다. 누구나 알다시피 우리 사회는 대충 알고 모르는 것은 관습과 관행으로 지탱되는 반가통의 사회, 지적으로 나태한 사회다. 어렴풋한 앎만으로도 사는 데 크게 불편하지 않다는 사실이 나태를 부추긴다.

나는 시립 도서관에서 질풍노도 같은 청년기의 열정으로 전가통의 세계를 꿈꾸고 동과 서, 옛것과 새것들을 두루 찾아 읽으며 그것을 향해 한 발 한 발 내딛는 시절을 보냈다. 어깨 너머로 햇빛이 쏟아져 들어오던 시립 도서관의 참고열람실에서 책을 읽던 시절은 내 인생에서 가장 곤핍했던 시절이다. 희망 없는 내일과 궁핍이 의식을 옥죄었지만 날마다 책들을 읽으면서 고통을 견뎌 냈다. 20대 후반부터 30대 후반까지 생업에 빠져든 시절은 내 독서 편력에서 아주 가난한 시절이다. 반가통의 독서로 겨우 연명하고, 늘 알 수 없는 결핍감과 불행한 느낌에서 헤어나지 못했던 세월이다.

허나 돌이켜 보면, 젊은 시절에 더 치열하게 책을 읽지 않은 걸 반성하게 된다. 나는 책을 꽤나 읽은 사람으로 소문나 있지만 읽은 책보다는 읽지 않은 책들이 몇 천 배, 아니 몇 만 배나 많다. 책들의 대양에서 읽은 책들이라고 해봤자 티스푼 하나 떠낸 정도나 될 것인가! 읽지 않은 책들은 그 끝을 알 수 없는 대양으로 출렁인다. 특히 고전들을 젊은 시절에 읽지 않은 게 뼈아프도록 후회가 된다. 왜 넘치도록 시간이 많은 젊은 날에 체계적인 계획을 세워 더 많은 고전들을 읽지 못하였는가! 오늘의 내 한계는 그 시절 독서의 한계에서 비롯한다. 이십여 년 전 생업에서 풀려나온 뒤로 내 책 읽기는 전에 없는 활력으로 풍요로워졌다. 인생의 후반기로 넘어와 책 읽기에 보다 몰입할 수 있는 처지에 놓인 나 자신이 기특하다. 특히 지난 십 년 동안에는 책에 몰입해서 수천 권의 책들을 사들이고 여러 권의 책들을 썼다.

보르헤스, 다치바나 다카시와 같은 사람들이 독서계의 선각자들이다. 쉰여덟 번째의 생일을 보낸 보르헤스는 완전한 실명에 이르렀다. 실명이 평생 책과 함께 살아온 보르헤스의 책을 향한 열망을 꺾지는 못했다. 피그말리온이라는 서점에서 일하던 소년 알베르토 망구엘이 서점 단골이던 보르헤스에게 책 읽어 주는 사람으로 발탁되었다. 국립 도서관장을 지낸 작가의 서재에서 열여섯 살 소년이 책을 읽으면 보르헤스는 눈을 감고 조용히 경청했다. 뒷날 망구엘은 보르헤스에 대해 이렇게 썼다. "보르헤스에게 현실의 정수는 책 속에 있었다. 책을 읽고, 책을 쓰고, 책에 대해 이야기하는 것이 그 알맹이였다. 그는 수천 년 전에 시작돼서 한 번도 끝난 적이 없는 대화를 이어 가고 있음을 본능적으로 인식했다."*

보르헤스와 짝을 이룰 만한 조선 선비가 한 사람 있다. 조선 후기의 북학파 실학자 중의 한 사람인 이덕무는 스물한 살이 될 때까지 하루도 선인들의 책을 손에서 놓은 적이 없었다. 온갖 서적을 두루 구해 읽었는데, 평생 동안 읽은 책이 2만 권이고 손수 베낀 책이 수백 권이다. 집은 비바람을 채 가리지 못할 정도고 변변치 못한 끼니조차 자주 거를 정도로 이덕무는 가난했다. 오죽하면 한겨울에 자다가 일어나 이불 위에《한서漢書》한 질을 덮고《논어論語》를 매서운 바람이 들어오는 곳에 병풍처럼 세워 추위를 막았다. 그런 가난 속에서도 책 읽기를 게을리하지 않은 이덕무는 마침내 나이 39세가 되던 해, 규장각 초대 검서관檢書官에 임명된다.

다치바나 다카시는 일본에서 명실공히 최고의 지식인으로 꼽히는 사람이다. 그는 명문 대학을 나와 좋은 직장에 들어갔지만 3년 만에 짐을 싸 들고 나온다. 이유는 단 하나다. 읽고 싶은 책을 맘껏 읽지 못하는 환경에 대한 불만 때문에 직장을 그만두고 나온 것이다. 인류의 진보와 발전은 한정 없이 '더 알고 싶다'는 욕구에 의해 추동된다. 다카시에 따르면 지적인 것을 향한 인간의 욕망은 원시 생물 이래로 생명체를 떠받쳐 온 근원적 생명 원리다. 책을 읽는다는 것은 그 생명 원리의 발현이다. 그러니까 책을 맘껏 읽고 싶어 괜찮은 직장을 그만둔 것은 생명 원리에 따른 것이라는 뜻이다.

* 알베르토 망구엘, 《보르헤스에게 가는 길》

내 시의 비밀

1

어떤 시는 빠르게 쓰고, 어떤 시는 더디게 쓴다. 빠르게 쓰는 시는 30분에도 완성된다. 더 고칠 데가 없이 말끔하게 빠진다. 더디게 오는 시는 몇 달에서 몇 년까지 걸린다. 아무리 쓰고 또 써도 끝내 말끔해지지 않는다. 미진한 그대로 받아들일 수밖에 없다. 시들마다 왜 그런 차이가 생기는지를 나는 모른다.

2

언어는 시의 '첫' 착상이다. 하나의 어휘, 하나의 문장. 그것은 시의 촉매 인자다. 하나의 어휘, 하나의 문장은 구름이다. 구름에서 번개가 치고 천둥이 운다. 그 구름이 쏟아 내는 비가 곧 시다. 이를테면 나는 '눈썹'이라는 어휘에서 시작할 때 시가 빠르게 써진다. 《몽해항로》의 〈그믐 눈썹〉도 그렇다. 착상에서 완성까지 한 시간 가량 소요되었다. 그럼에도 나는 《몽해항로》의 시들 중에서 이 시를 가장 좋아한다. 내 마음의 비밀들이 찰나에 외면화해서 나왔다고 보기 때문이다.

해가 구르듯 지고 바람은 대숲 아래서 가벼이 목례를 하네요 고양이는 푸른 인광을 번뜩이며 하얗게 울고요 자꾸 울고요 숯이라도 내 마음 탄 자리를 검다 하지는 못하겠죠 물은 물속 일을 모르고 꿈은 제가 꿈인 줄도 모르죠 그러고 살았죠 단풍나무 뒤에 서 있는 당신 어깨 너머로 계절 몇 개가 떨어져요 당신 눈 위에 눈썹은 검고요 당신은 통영을 간다 하네요 발톱 가진 어둠 몇 마리가 칠통漆桶 속에서 울부짖죠 무슨 일인가요 당신 눈동자를 보던 내 동공은 녹아 눈물로 흐르고 당신에게 뻗던 내 팔은 풀밭에 떨어져 푸른 뱀이 되어 스으윽 가을 건너 봄의 관목 숲으로 사라져요 피비린내가 훅 하고 끼치는 걸 보니 벌써 그믐이 가까워지나 봐요 당신이 내게 기르라고 맡기고 내가 젖동냥해서 기른 그믐이죠 어서 오세요 그믐 눈썹으로 오세요 열두 마리 고양이는 하얗게 울고요 그믐에 그을리고 탄 제 마음자리는 숲이랍니다

– 졸시, 〈그믐 눈썹〉

아마도 〈그믐 눈썹〉을 쓸 때 내 뇌파는 세타파Theta wave의 주파수대에 있었을 것이다. 초당 5 내지 8 정도의 주파수. 이완과 수면 사이. 선의식subconscious의 상태. 세타파는 직관과 영감이 발휘되는 뇌파다. 뇌파가 세타파의 수준에 도달할 때 영혼은 황금 비율에 이른다. 이때 하나의 어휘는 다른 어휘들을 물고 나온다. 하나의 문장은 다른 문장들을 물고 나온다. 내가 미처 놓치고 있던 어떤 창의적인 것들이 무의식의 극단적인 각성 속에서 튀어나온

다. 처음 나는 "발톱 가진 어둠 몇 마리가 칠통漆桶 속에서 울부짖
죠"라는 구절을 떠올렸다. 그 문장이 떠오르자 다음은 아주 쉬웠
다. 나는 단숨에 시 한 편을 완성했다. 내 의식이 칼날 없는 검이
다. 한 점의 거침이 없다.

2-1

조산曹山 선사와 수좌의 대화를 엿들어 보자.

"어떤 것이 칼날 없는 검인가?"

"단련하여 된 것이 아닌 것, 분별·생각으로 만들어진 것이 아
닌 것, 만든다고 하는 범주 속에 들어가지 않는 것이다."

"본체는 위에서 말한 것과 같다 하더라도 작용은 어떠한가?"

"닥치는 대로 모두 베어 버린다."

"부딪치지 않는 것은 어쩌나."

"부딪치고 부딪치지 않는다는 것은 일종의 분별상의 논리다.
부딪치든 않든 모조리 베어 버린다. 일체총살一切總殺이다."

"무엇이든 다 죽이고 나서는 어찌 되는가?"

"칼날 없는 검이 있는 줄을 여기서 바야흐로 알게 될 것이다."

이게 무분별의 분별이다. 앎은 마음을 그것에 매이게 한다. 진
정한 앎은 그 매임에서 자유로움이다. 그러므로 마음과 마음을 앎
에 매지 않는다. 앎에 매였는가, 아니면 자유로운가. 이게 선사들

의 수준을 가늠해 볼 잣대다.

2-2

세타파 수준에서 사물을 볼 때 나는 모든 것들의 에너지 장을 인식한다. 한 부분에서 전체를 통찰한다. 모든 식물의 잎들이 피보나치의 패턴을 갖고 난다는 것을 배우지 않고도 알 수 있다. 모든 녹색 식물들은 나선형으로 소용돌이치는 에너지장을 갖고 있다. 참나무도 그렇고, 줄기 식물도 그렇다. 내가 가까이 접근하면 에너지장들이 반응한다. 보이지 않는 것들을 이해하기 위해서 끊임없이 나는 보이는 모든 것들을 오랫동안 주의 깊게 살폈을 것이다. 그 체험들을 관조하는 한 줄기 빛이 있다. 나는 그 빛을 따라간다. 시는 그 빛을 따라간 탐사가 남긴 흔적이다.

3

"나무에서 나오는 방법은 나무를 통하는 길뿐이다." - 프랑시스 퐁쥬

4

시를 쓰기 전에 30분에서 한 시간 정도 명상을 한다. 대개는 누구의 방해도 받지 않는 서재에서 시작한다. 먼저 헐렁한 옷차림으로 방석에 앉아 차를 마시고 눈을 감는다. 허리는 꼿꼿이 세우고 엉덩이는 바닥에서 가장 안정된 자세를 취한다. 다음은 호흡에 의식을 집중한다. 들숨과 날숨을 최대한 길게 끌고 나간다. 그러는 사이에 긴장이 이완되고 불안은 가라앉는다. 베타파Beta wave 수준에 있던 뇌파가 알파파Alpha wave 수준으로 느려진다. 마음이 어떤 조화 상태에 이르고 감정의 고조가 사라진다. 기분 좋은 상태가 이어진다. 마음이 몸에서 이탈하는 듯한 기분을 느낀다. 정수리 부근에 뚫린 구멍으로 마음이 빠져나간다. 그 안은 어둠으로 가득 찬 동굴이다. 텅 빈 동굴의 어둠 속으로 빛이 스며든다. 빛이 어둠을 삼키고 동굴은 빛 속에서 사라진다. 아마도 이때는 내 뇌파가 세타파 수준에 도달해 있을 것이다. 밖에서 나를 보았을 때 나는 명상 상태에 있다고 생각할 것이다. 몸을 빠져나간 마음은 태극太極을 향해 나아간다. 태극은 어디에도 없다. 그러니 마음의 여정은 정처가 없다. 이때 내가 마신 물은 달고, 내 귀에 들리는 소리는 천상의 음악인 듯 황홀하다. 언제가 '명상'에 대해 쓴 적이 있다. 아래 4-1에서 4-11까지가 노트에 적혀 있는 그대로다.

명상은 시의 반숙이다. 그럼 완숙은 어떤 경지일까? 열반. 하나의 생생한 현전. 무엇으로도 대체할 수 없는 순간. 하지만 냉정하게 말하자. 시는 도덕적으로는 비난받을 짓이다. 시는 우주의 데이터베이스를 훔치는 짓이니까. 플라톤이 역정을 내며 이상 국가에서 시인들을 모조리 추방한 이유도 거기에 있다. 공화국에서 시인들은 파렴치한 자들이라고 낙인찍힌다. 이것은 우화가 아니다. 1964년에 소비에트 공화국의 법정은 훗날 노벨문학상을 받는 시인 이오시프 브로드스키를 '사회적으로 유용한 일을 하지 않는 기생충'이라고 규정지었다. 법정에서 있었던 심문 내용의 일부를 보자.

판사 : 당신은 누구인가?

브로드스키 : 나는 시인이다. 그렇다고 생각한다.

판사 : '~라고 생각한다'는 표현은 허용되지 않는다. 당신의 직업은 무엇인가?

브로드스키 : 나는 시를 쓴다. 출판도 할 수 있으리라 생각한다.

판사 : 당신의 생각을 묻는 것이 아니다. 일을 하지 않는 이유를 말하라.

브로드스키 : 나는 시를 썼다. 그것이 내 일이다.

판사 : 당신을 시인으로 공인한 사람은 누구인가?

브로드스키 : 없다. 나를 인간으로 공인한 사람이 없는 것과 마찬가지다.

판사 : 소비에트에서는 누구나 일을 해야 한다. 당신은 왜 일을 하지 않았는가.

브로드스키 : 나는 일을 했다. 시가 나의 일이다. 나는 시인이다.

결국 브로드스키는 공화국에서 추방되어 미국으로 건너갔다. 브로드스키 재판은 시의 DNA가 생물학적 합목적성과 무관하며 공익적 세계의 건설에 기여하는 바가 전무하다는 사실을 명백하게 밝혀 준다. 아리스토텔레스는 기원전 4세기에 이미 《시학》에서 "시인들에 대한 비난은 다음의 다섯 종류, 즉 불가능, 불합리, 도덕적으로 해로운 요소, 모순, 시 창작 기술의 올바른 기준에 반하는 것 등으로 구분된다."고 쓰고 있다.

시, 무용한 짓. 상상 임신. 옐로카드를 받는 할리우드 액션. 쇼펜하우어는 그것이 의지와 표상 사이에 있다고 선언했다. 베르그송은 그것이 생의 비약이라고 했다. 그렇다고 시의 미학적 선택에 내재한 반도덕성, 무용함이 가려지는 것은 아니다.

4-2

명상은 초언어超言語를 지향한다. 초언어는 '나'와 '너'의 분별이 없는 태허太虛의 상태다. 가령 "잘 익은 똥을 누고 난 다음 / 너, 가련한 육체여 / 살 것 같으니 술 생각나나?"* 잘 익은 똥을 누고 난 뒤 비어서 가뿐한 몸에서 태허를 감지한다.

* 김형영, 〈일기〉

4-3

명상은 태허의 상태에서 사물들의 저편에 숨은 신을 만나는 일이다. 숨은 신은 죽은 고양이다. 어느 선사에게 물었다. 세상에서 가장 고귀한 것이 무엇입니까? 선사가 대답했다. 죽은 고양이다. "국도 한가운데 널브러져 있는 / 죽은 고양이의 / 저 망가진 외출복!"*

* 이창기, 〈봄과 고양이〉

4-4

명상과 시는 계통 분류상 다른 가지에 속해 있다. 하지만 명상과 시는 여러 면에서 닮아 있다. 명상에서 깨달음은 갑자기 온다. 시의 영감도 어느 날 갑자기 예기치 않은 순간에 뇌 속에서 부화한다. "그러니까 그 나이였어……. 시가 / 나를 찾아왔어. 몰라, 그게 어디서 왔는지, / 모르겠어, 겨울에서인지 강에서인지. / 언제 어떻게 왔는지 모르겠어, / 아냐, 그건 목소리가 아니었고, 말도 / 아니었으며, 침묵도 아니었어, / 하여간 어떤 길거리에서 나를 부르더군, / 밤의 가지에서, / 갑자기 다른 것들로부터, / 격렬한 불속에서 불러, / 또는 혼자 돌아오는 길에 / 얼굴 없이 있는 나를 / 그건 건드리더군."*

* 파블로 네루다, 〈시〉

4-5

깨달음이 여기 있다, 저기 있다고 말한다. 다 틀렸다. 가짜들이다. 거기에 현혹되면 안 된다. 깨달음은 여기에 있지도 않고, 저기에 있지도 않다. 일본 불교의 한 맥인 본각사상本覺思想은 현실을 있는 그대로 깨달음의 세계로 받아들인다. 이미 깨달았으니 다른 좌선도 필요 없다고 한다. 악을 행하는 것도 자유다. 조악무애造惡無碍의 뿌리가 본각사상이다. 도겐(道元, 1200~1253)도 그 영향권 아래에 있던 승려다. 도겐은 수행의 결과로 깨달음에 이르는 게 아

니라 좌선 자체가 깨달음이라고 말한다. 깨달음은 없다. 깨달음을
향한 지향이 있을 뿐이다.

4-6

명상은 언어를 내려놓는 일이다. 시도 마찬가지다. 언어라는
도구에 의지해 앞으로 나아가되 궁극에는 언어를 버려야 한다. 프
랑스 어로 명상의 깊이를 보여 주는 프랑시스 퐁쥬는 새를 오랫동
안 관찰하고 새에 관한 시를 여러 편 썼다. "하늘의 쥐, 고깃덩이
번개, 수뢰, 깃털로 된 배, 식물의 이"도 그중의 일부다. 그러나 새
는 공중에서 미끄러지듯 활강하지만, 퐁쥬가 원할 때 그의 시 속
으로 날아들지는 않는다.

4-7

시는 언어를 딛고 언어를 넘어간다. 시는 없다. 그것의 흔적으
로서의 언어가 있을 뿐이다. 언어적 흔적은 시가 아니다. 그것은
마음의 물증이다. 시를 지향하는 마음의 물증!

4-8

시와 명상은 다 함께 초언어를 지향한다. 시는 방법적 도구로 언어를 쓴다. 언어는 물物을 지시하는 기호다. 언어는 물이 아니다. 언어는 관념이다. 언어는 발화 주체와 물 사이에 있다. 언어는 발화 주체와 세계, 존재와 부재 사이에 걸쳐진 다리다.

4-9

시는 언어가 만들어 내는 의미론적 연관의 장場이다. 하지만 우리가 시를 만나는 것은 언어가 지시하는 의미에서가 아니라, 언어와 언어 사이의 여백들에 메아리치고 있는 비언어적인 울림 속에서다.

4-10

시는 언어가 아니다. 시는 언어와 언어 사이, 그 여백에서 아직 형태소를 얻지 못한 생성하는 언어, 발효하는 언어다.

4-11

시는 의미가 아니다. 의미 이전이다. 이를테면 "달팽이가 지나

간 자리에 긴 분비물의 길이 나 있다", 혹은 "물렁물렁한 힘이 조금
씩 제 몸을 녹이며 건조한 곳들을 적셔 길을 냈던 자리, 얼룩"* 같
은 구절들은 시가, 더 정확하게 말하자면, 의미의 잠재태潛在態임
을 말해 준다.

* 김기택, 〈얼룩〉

5

시는 깨달음도 의미도 겨냥하지 않는다. 시는 칼날 없는 칼이
다. 그저 거침없이 모든 걸 베어 버린다. 미당은 그런 경지에 가 닿
은 시인이다. 미당의 시 중에도 나는 눈썹이 나오는 시들이 좋다. 잘
알려진 〈동천冬天〉도 있고, 비교적 덜 알려진 〈싸락눈 내리어 눈썹
때리니〉도 있다. "싸락눈 내리어 눈썹 때리니 / 그 암무당 손때 묻
은 징채 보는 것 같군. / 그 징과 징채 들고 가던 아홉 살 아이……."
싸락눈이 내리는 날이다. 검은 눈썹에 하얀 싸락눈이 달라붙는다.
싸락눈을 맞으며 암무당이 가고 있고, 뒤를 징과 징채를 든 아홉
살 난 아이가 따른다. 여기에 어떤 분별이 없다. 싸락눈 내리는 어
떤 날의 풍경에 가서 빙의가 되어 버린 마음만 있을 뿐이다. 풍경
의 빙의 속에서 가까스로 어떤 세계상이 드러난다.

5-1

이 빙의가 곧 답이다. 이 빙의 속에서 모든 언구는 재나 다름 없다. 재는 아무것도 아니다. 불타고 난 재에서 돋는 한 포기 파릇한 풀만이 취할 가치가 있다.

5-2

사자 새끼가 사자 소리를 내는 것, 이것이 시다.

6

나는 사자 새끼가 아니다. 그런데도 오랫동안 사자 소리를 내고자 했다. 내 첫 번째 오류다. 오류를 삼십 년째 품고 있다. 마음에 가시를 품은 듯 아픈 세월이다. 어느 날 오류의 블랙홀에서 울려나오는 한 소식을 들었다. "맑고 고요한 것이 천하의 바름이다."*

* 〈노자〉

6-1

사자 새끼가 사자 소리를 내는 것, 이것이 고요다.

6-2

도처에서 사자 새끼들이 사자 소리를 내며 운다. 나는 몽둥이를 들어 사자 소리를 내는 것들을 내리친다. 세상이 고요하다. 이게 고요 이후의 고요다. 나는 그 고요에 닿고자 한다. 고요에 닿을 수 없다면 나는 고요를 깨 버릴 것이다. 여기저기서 쫑알거리는 고요들. 몽둥이를 들어 도처에서 고요라고 주장하는 것들의 머리를 깨부술 것이다. 최근 내 시의 비밀이다.

7

고요는 욕망을 비운 뒤에야 비로소 가능하다. 마음이 번잡하고 욕심으로 차 있으면 고요는 들어서지 못한다. 욕망을 비운 마음자리에 그윽하게 서리는 게 바로 고요다. 고요는 감흥도, 파토스도 아니다. 고요는 사물들 사이의 평화고 질서고 리듬이다. 다른 한편으로 고요는 혼란의 살해이고, 무질서의 파괴이며, 견고한 강령들의 해체이다. 그런 까닭에 사람은 삶에의 의지가 아니라 고요에의 의지 때문에 더 고결해질 수 있다. 고요해진 뒤에 비로소 보게 되고, 보게 되어야만 사랑할 수 있다. 바라봄은 고요의 촉수들이 이 세계를 향해 내미는 수줍은 초대장이다. 사랑은 시끄러움이 아니라 마음의 고요 속에서 싹튼다. 차라리 사랑은 고요가 일으키는 시끄러운 사건이다.

8

대개 정치는 시끄럽다. 고요가 단순함에서 발현된다면 정치는 복잡함의 소산이기 때문이다. 정치는 맞섬이고 다툼이고 물어뜯음이다. 정치는 고요를 모른다. 정치가 있는 곳이 늘 시끄러운 것은 정치가 애초부터 사랑을 배제하기 때문에 일어나는 사태인 까닭이다. 당연한 일이다. 정치가 고요를 싫어하는 이유이다. 정치란 고요에서 달아나기고, 차라리 고요의 집어삼킴이다.

9

사람은 고요 속에서 바뀐다. 고요는 내적 혁명의 단초다. 왜 이런 사태가 벌어지는가? 고요가 내면의 동력학에서 나오는 능동 가치이기 때문이다. 아무것도 하지 않는 자, 가만히 있는 자에게 고요는 다가오지 않는다. 고요는 능동의 산물이다. 고요한 자가 가장 혁명적이다.

"고요 속에서 우리는 부단히 묻고 절망 속에 꿈꾸면서 변모되어 간다. 꿈꾸는 자의 집은 고요이고, 그가 움직이는 방식은 성찰이다. 홀로 있는 고요함이 존재의 결핍을, 현존의 누락을 살펴 묻게 하는 것이다. 충일에 대한 자족이 아니라 결핍에 대한 이 절망적인 물음으로 하여 고요는 꿈꾸는 자의 실천적 에너지로 빛난다."*

고요는 마음의 실천으로 이어질 때 제 존재를 파릇하게 드러내며 빛난다. 고요는 마음의 가능성을 열고, 실천의 계시啓示로 나아가며, 아직 아무것도 아님을 됨으로 갱신의 눈부심에 이르게 한다.

* 문광훈, 《숨은 조화》

10

자, 어느 날 고요의 초대장을 받았다고 하자. 고요가 사는 집은 마당에 잔디가 깔려 있고, 돌벽은 담쟁이넝쿨로 덮여 있다. 우리는 고요의 문 앞에서 인기척을 내야 한다. 그래야만 거기 사는 적막이 옷매무새라도 만지고 우리를 마중 나올 수 있기 때문이다.

"잔디는 그냥 밟고 마당으로 들어오세요 열쇠는 현관문 손잡이 위쪽 / 담쟁이넝쿨로 덮인 돌벽 틈새를 더듬어 보시구요 키를

꽂기 전 조그맣게 노크하셔야 합니다 적막이 옷매무새라도 고치
고 마중 나올 수 있게"*

　　고요는 옛날이다. 옛날 속의 스러짐이다. 고요가 지나간 자리
는 황폐하다. 그 폐허 속에서 "달빛과 모기와 먼지들이 소찬을" 벌
이기도 한다. 고요에 초대받는다면 우리는 "무거운 머리"와 "헐벗
은 두 손"은 고요에 맡겨도 좋으리라.

* 조정권, 〈고요로의 초대〉

또다시, 내가 좋아하는 것들

책.

음악.

햇빛.

낯선 곳으로 떠나라!

참다운 삶을 살려면 책에서 배운 것들은 잊어야 한다. 잘 산다는 것은 무엇인가? 생명의 충만함, 그 무엇에도 매이지 않은 자유의 기쁨들, 즙처럼 터져 나오는 쾌락의 희열, 행복에 대한 열정들을 사는 것이다. 인생의 쓰디쓴 맛들, 즉 피로, 의기소침, 우울증, 절망 들은 모두 서푼짜리도 못 되는 책들에서 온다. 머리로만 받아들인 지식들. 그 지식들에 달라붙어 굶주린 쥐처럼 뜯어 먹어 봤자 결과는 오장육부를 쓰디쓴 맛으로 채우는 일이다. 책을 버려라! 당장 낯선 곳으로 떠나라!

시시하고 하찮은
자술 연보^{年譜}

충청남도 논산군 연무읍 신화리 296번지에서 인동 장 씨의 성을 받고 분할되지 않는 신체와 욕망하는 존재로 태어났다. 아버지 장구기, 어머니 김병남. 태어난 자리는 내륙이고, 외가였다. 1955년 1월 8일(음력), 저녁 5시 무렵이다. 별자리는 물병자리다. 지지地支는 인목寅木, 큰 나무다. 이 나무는 내면에 나이테 대신에 호랑이의 기운을 품고 있다. 자존심이 세고 구속받기를 싫어한다. 출판 편집자, 대학 강사, 방송 진행자를 거쳐 지난 20여 년 동안 시인, 비평가, 문장 노동자로 살았다.

외할머니와 외삼촌들과 함께 유년기를 보낸 나는 언제나 나의 내부의 외부로서 살았다. 나의 내부는 충족되어야 할 모호한 욕망들의 결여와 결핍이었겠지만, 외부로서 나는 평범한 시골 아이였다. 어려서 의식하지 않았지만, 내 삶을 만든 건 내 안에서 소용돌이치는 모호한 욕망일 테다. 1964년에 시골을 떠나 미리 서울에 있던 가족과 합치며, 소읍의 황북초등학교에서 서울의 청운초등학교로 전학한다. 가족이 내동댕이쳐져 있는 가난의 한가운데에서 가난의 실체를 보고 그 참혹함에 놀랐다. 초등학교 시절 내가 쓰는 충청도 사투리는 투박한 데 반해 아이들이 쓰는 서울 말씨는 낭랑하고 간드러졌다. 식민지 시절 소설가 박태원이 썼던 서울 사투리 '경알이' 말이다.

1968년 청운중학교 2학년 때 학생 잡지《학원》에 투고한 시 〈겨울〉이 시인 고은에 의해 뽑혀서 활자화되었다. 이듬해 〈바위〉

라는 시를 투고하여 학원문학상 우수작 1석을 받았다.

1970년 경기상고 1학년 때 투고한 단편 소설 〈기러기〉가 소설가 임옥인에 의해 뽑혀서 활자화되었다. 학교 도서관에 처박혀 내내 책만 읽다가 결국은 고등학교를 자퇴했다(고등학교 졸업 검정고시가 내 공식 학력의 전부다). 한동안 시립 도서관과 국립 도서관 등을 다니며 책을 읽었다. 남독濫讀의 시절이다. 그동안 신체 발육과 더불어 테스토스테론의 분비가 왕성해지면서 성 정체성이 남성임을 증거하는 이차 성징이 나타난다. 영어 학원에 등록을 하고 한동안 영어 배우는 것에 열을 내다. 번역가로 사는 삶에 대한 가능성을 타진하던 시기다.

1975년 《월간 문학》 신인상에 시 〈심야〉가 당선되어 문단 말석에 얼굴을 내민다. 이후로 문공부 문예창작공모, 해양문학상, 충청일보 창간 30주년 기념 신춘문예 등 연이어 당선을 했다. 아무 수입원이 없던 시절, 상금으로 연명하며 시를 썼다. 명동의 음악 감상실 '전원'에서 중편 소설 〈우리들의 순례〉를 썼다. 월간 《세대》지의 중편 공모에 냈는데, 떨어졌다. 소설가 박태순이 심사평에서 '피카레스크' 소설의 가능성에 대해 언급한다. 서울 청진동에 있던 민음사 사무실로 시인 고은을 만나러 갔다.

1979년 조선일보 신춘문예에 시 〈날아라 시간의 포충망에 붙잡힌 우울한 몽상이여〉가 당선하고, 동아일보 신춘문예에 평론 〈존재와 초월〉이 입선한다. 같은 해 1월에 고려원 편집부에 들어가 편집 일을 배우고 익혔다. 10월 26일 새벽, 18년 동안 통치하며 영구 집권을 꿈꾸던 박 대통령이 안가에서 연회를 즐기다가 심복의 총에 맞아 운명을 달리했다. 서울 혜화동의 한옥 단칸방에 전세를 살던 시절인데, 새벽 산책을 나갔다 들어온 주인이 대통령이 죽었다고 심드렁하게 말했다. 그 뒤에도 군 출신 두 사람이 이어서 대통령 자리에 앉았다. 상상력이 없는 사람들이 대통령직에 있는 나라에 사는 일은 지루하고 무미했다. 어떤 사람은 이민을 가고 어떤 사람은 유학을 명목으로 나라를 떠났다. 나는 프랑스 유학을 계획했다가 여러 사정 때문에 접고 말았다. 사는 일이 대체로 난감했다. 첫 시집《햇빛사냥》과 산문집《언어의 마을을 찾아서》가 나왔다. 지금 돌이켜 보면 만용에 가까운 일이었지만, 감격스러웠고, 대취했다.

1978년 4월 17일에 큰아이 청하가 태어나고, 1980년 7월 23일에 둘째 아이 준하가 태어나고, 1983년 1월 15일에 셋째로 딸아이 휘은이 태어났다. 그 사이에 통행금지가 폐지되고, 해외여행이 자유화되었다. 세 아이들은 성인이 되어 미국으로 건너갔다.

1981년에 고려원의 편집장에서 물러 나와 낡은 빌딩의 옥탑방을 사무실로 얻어 출판사를 냈다. 출판사는 번창했다. 서울의 역삼동에 사옥을 짓고, 집은 대치동에 마련했다. 역삼동 사옥을 팔아 청담동에 5층 빌딩을 샀다. 민주화 투쟁이 격화되던 시절이다. 나는 민주화 투쟁과는 상관없는 삶을 살았지만, 대통령 직선제 개헌 서명에 참여했다. 어쩐 일인지 개헌 지지 서명자들 중에서 내 이름이 신문에 크게 박혀 나와 놀랐다. 출판사에 국세청 세무 조사 팀이 들이닥쳐 몇 달에 걸쳐 조사를 받았다. 민음사, 실천문학사 등이 세무 조사를 받고 거액의 세금을 추징당했다. 그 무렵 프로 야구 리그가 시작되었다.

1986년 조병화 시인 등을 따라 세계시인대회에 참가하고 유럽 여행을 다녀왔다. 이탈리아, 프랑스, 영국, 독일, 스웨덴 등을 한 달여 동안 다니며 문화적 충격을 받았다. 근대 이후 한반도는 유럽에 견줘 문화의 낙후 지대로 전락했다는 것, 그리고 내 삶이 비루하다는 절망감에 몸을 떨었다.

1988년에 서울올림픽이 열렸다. 밤에는 올림픽 개막을 축하하는 불꽃놀이가 열렸다. 폭죽이 공중에서 펑펑 터졌다. 나는 아무 감흥이 없었다. 육상 백 미터 단거리에서 우승을 거머쥔 캐나다의 벤 존슨은 도핑 테스트에서 양성으로 밝혀졌다. 나는 경기장에는 나가지 않았지만 잠실 주경기장에서 나온 마라톤 선수들이 역삼동 도로를 무리 지어 달리는 광경을 한가롭게 지켜봤다. 서울 올림픽이 끝난 직후, 호송 차량으로 이송 중이던 지강헌 등이 집단으로 탈주했다. 수만 명의 경찰이 그물처럼 쳐 놓은 포위망을 뚫고 사라진 지강헌은 은신처가 드러나자 투항하지 않고 경찰과 대치하다 사살되었다. 지강헌이 외친 '무전유죄 유전무죄'라는 말이 한동안 유행어로 떠돌았다.

1989년 시인 기형도가 심야 영화가 상영되던 영화관에서 갑자기 죽고, 이듬해인 1990년에는 간암 투병 중이던 문학 평론가 김현 선생이 돌아가셨다. 둘 다 한국 문학의 훌륭한 자산들이라고 생각했기에 상실감이 컸다.

1992년 3월 23일 〈서태지와 아이들〉이라는 음반이 나왔다. 우리 대중 가요사에 한 획을 긋는 사건이라고 했다. 1992년에 마광수 연세대 교수의 장편 소설 《즐거운 사라》를 펴냈다가 음란물 시비에 오른 끝에 한국간행물윤리위원회의 고발로 검찰 내사를 당하고 10월 29일에 난데없이 구속되었다. 마 교수와 내가 밤 아홉시 텔레비전 뉴스에 나왔다. 그해 10월 29일부터 12월 30일까지 서울 구치소에 들어가 나라가 마련한 잠자리에서 잠을 자고, 나라가 주는 밥을 먹었다. 두 달을 꽉 채운 수감 생활이 괴롭지는 않았지만, 마음에 상심은 깊었다. 나는 전과자가 되고, 전과자로서의 인생을 살게 될 것이었다.

1993년 새해가 밝자 비행기를 타고 제주도로 내려갔다. 서귀포에 방 한 칸을 빌어 머물며 고심하다가, 13년 동안 500여 종의 책을 펴내고 계간지 《현대시세계》와 《현대예술비평》을 내던 출판사를 접기로 결심했다. 출판사를 정리했다. 혼자 산에 오르거나 집근처 기원에 출근 도장을 찍으며 바둑으로 소일을 했다. 1년도 채지나기 전에 함께 살던 여자가 집을 나가 이혼 소장을 보내왔다. 경제난에 직면하고 살던 집이 경매로 넘어가는 곤욕을 치렀다. 인생이 막장 드라마로 흘러가는데, 속수무책이었다. 어린 딸이 학교에서 돌아오면 손을 붙잡고 양재천변을 걸었다. 황당한 재담을 지어내 딸아이를 웃기곤 했다.

1996년 1월 6일, 가수 김광석이 목을 매 자살했다. 자살을 위장한 타살 의혹은 끝내 밝혀지지 않았다. 가끔 김광석이 부른 〈서른 즈음에〉라는 노래를 듣고 흥얼거리곤 했다.

1997년 소설가 이창동이 돌연 영화감독으로 변신했다. 그가 처음 만든 영화는 〈초록물고기〉다. 몇 년 뒤 그가 만든 영화 〈박하사탕〉을 종로에 있는 한 극장에서 보았다. 문학과지성사 사무실에서 신일고교 국어 교사 노릇을 하던 이창동과 바둑을 둔 적이 있다. 노무현이 대통령이 된 뒤 그가 문화부 장관으로 발탁되었다. 그 무렵 홍익대 앞에 있는 낡은 오피스텔에서 20세기 한국문학사를 썼다. 자고 일어나서 원고를 쓰고, 홍익대 구내식당에서 1,000원짜리 백반을 먹고 들어와서 다시 원고를 썼다. 200자 원고지 15,000매를 메꾸는 메마른 작업을 하는 동안 날들은 천천히 흘러갔다. 마침내 이 원고는 2000년 11월에 시공사에서 《20세기 한국문학의 탐험》(전5권)이라는 제목을 달고 출판되었다.

1998년 6월 16일, 현대 그룹의 총수인 정주영이 소 5백 마리를 끌고 휴전선을 넘어 북한으로 올라갔다. 소 떼를 실은 트럭들이 줄지어 판문점 방향으로 달려가는 광경을 텔레비전이 생중계로 보여 주었다. 농경 문화적 상상력이 있기에 가능한 이 퍼포먼스로 남북 교류의 물꼬가 트이고, 금강산 관광이 열렸다. 그런 대담한 발상은 통 큰 기업가이자 실향민인 정주영만이 할 수 있는 정치 퍼포먼스라고 생각했다. 텔레비전 뉴스에서 그 광경을 보면서 내가 농경 민족의 일원이라는 걸 실감했다. 나는 여전히 바퀴벌레가 떼로 출몰하는 홍대 앞 낡은 오피스텔에 고요하게 엎드려 원고를 쓰고 있었다.

2000년 여름, 한없는 지루함을 견디며 쓰던 원고를 탈고했다. 디자인 회사 끄레 어소시에이츠 대표인 최만수가 디자인을 맡고, 젊은 학인 강용운이 교열을 맡았다. 다섯 권으로 묶인 책이 나왔다. 삼청동의 한 음식점에서 기자 간담회를 했다. 그해 8월 31일, 서울 성북동에 있는 29평 연립주택 전세를 빼서 경기도 남단의 한 도시에 전원주택을 짓고 이사를 했다. 집이 앉은 곳은 고추밭이 있던 자리인데, 덤프트럭 80대 분량의 마사토를 깔고 그 위에 집을 지었다. 금광 호수가 보이는 전망이 좋은 자리였다. 선배인 이근배 시인의 제안을 받아들여 당호를 '수졸재'라고 지었다. 얼마 뒤 김대중 대통령이 평양을 방문했는데, 평양 인근 비행장에서 김정일과 포옹을 하는 장면이 연출되었다. 정주영의 퍼포먼스보다 유머가 없었다. 그건 딱딱하고 관습적인 정치 의전 이상도, 이하도 아니었다.

1996년, 말년에 치매를 앓던 외할머니가 세검정 외삼촌 집에서 돌아가셨다. 2000년에 막내 외삼촌이 젊은 나이에 지병으로 숨졌다. 이어서 당뇨병과 신장병을 앓으며 신장 투석을 하던 아버지가 시대문 적십사병원 숭환자실로 실려 갔다. 2000년 12월 31일에 면회를 갔는데, 면회를 할 수가 없었다. 잠시 동안 병원 복도에 앉아서 아버지에 대해 생각했다. 나는 서대문 적십자병원 복도를 서성이다가 나왔다. 밖에는 섣달그믐의 바람 끝이 차가웠다. 나는, 아버지에게, 죽음은 계주繼走가 아녜요, 말하고 싶었다. 아버지, 나라는 존재의 유일무이를 부정하는 물증적 존재. 닮았으면서도 다른 두 몸. 두 인생. 아버지에게 아들은 도무지 나일 수 없는 나다. 타인일 수 없는 타인이다. 아버지는 아들에게 제 현존의 바깥으로만 떠도는 낯선 제 현존이니까. 아버지는 며칠 뒤에 고요히 눈을 감았다. 아버지는 목수라는 멋진 직업을 가졌으나 자신의 직업에 대한 자긍심은 없었다. 그게 아버지의 불행이다. 파란만장, 평범, 자잘한 고난으로 점철된 아버지의 인생은 그렇게 막을 내렸다. 장례를 치르고 안성으로 내려왔을 때 수도가 동파되어 냉방에서 이불을 뒤집어쓰고 잠을 자야 했다. 잠자리에 들었는데, 한기로 온몸이 떨려 이빨이 부딪쳤다.

2000년 여름 이후 수졸재에서 하릴없이 금광 호수의 물이나 내려다보며 시를 썼다. 그 시들은《물은 천 개의 눈동자를 가졌다》라는 시집으로 묶였다. 노자의《도덕경》과 장자의《장자》를 날마다 꾸역꾸역 읽었다. 두 책을 100여 번씩 통독했다. 마음에 위안이 얻어졌다. 처음 두 책을 읽기 시작할 때는 노자와 장자가 거의 10년 동안 내 밥벌이를 거들게 될 줄은 까마득하게 몰랐다.《장자》를 읽던 그 시절 어느 날, 장자의 넋에 빙의되어 의식 착란 상태에서 장자의 목소리로 광신자의 방언 같은 말들을 한동안 지껄이는 얼이 빠진, 어처구니없는, 신비 경험을 겪기도 했다.

2001년은 질 들뢰즈와 펠릭스 가타리가 쓴 《천 개의 고원》 국역본이 새물결에서 나온 해다. 붉은색 바탕에 검정색 제자題字. 1천 쪽에 이르는 책을 읽고 또 읽었다. 이 책의 출간은 내 무식이 백일하에 드러난, 개인적으로 큰 충격을 준 일대 사건이었다. 책이 낡아져서 책을 다시 구입했다. 내가 매혹된 것은 책의 서문 격인 〈서론 : 리좀〉이다.

"글을 써라, 리좀을 형성하라, 탈영토화를 통해 너의 영토를 넓혀라, 도주선이 하나의 추상적인 기계가 되어 고른판 전체를 덮을 때까지 늘려라. '우선 너의 오랜 친구인 식물에게 가서, 빗물이 파놓은 물길을 주의 깊게 관찰하라. 비가 씨앗들을 멀리까지 운반해 갔음에 틀림없다. 그 물길들을 따라가 보면 너는 흐름이 펼쳐지는 방향을 알게 될 것이다. 그다음에 그 방향을 따라 너의 식물에서 가장 멀리 떨어진 곳에서 발견되는 식물을 찾아라. 거기 두 식물 사이에서 자라는 모든 악마의 잡초들devil's weed plants이 네 것이다. 나중에 이 마지막 식물들이 자기 씨를 퍼트릴 것이기에 너는 이 식물들 각각에서 시작해서 물길을 따라가며 너의 영토를 넓힐 수 있을 것이다.'(카를로스 카스타네다) 음악은 '변형되는 다양체들'만큼이나 많은 도주선들을 끊임없이 흘려보내 왔다. 결국 자신을 구조화하거나 나무 형태로 만드는 음악 고유의 코드들을 뒤엎어 버리

게 되더라도 말이다. 따라서 음악 형식은 단절되고 증식한다는 점
에서도 잡초나 리좀에 비견될 수 있다."

두 철학자는 서양 사유의 체계가 나무의 질서와 체계로 이루
어졌다고 말한다.

"참 이상한 일이다. 나무가 왜 그토록 서양의 현실과 모든 사
유를 지배해 왔는가? 식물학에서 생물학, 해부학 그리고 인식 형
이상학, 신학, 존재론, 모든 철학……에 이르기까지. 뿌리-기초, 바
닥, 뿌리 및 토대."

리좀은 수목樹木 같이 이성 중심으로 체계화된 서양 사유에 대
한 전복이다. 리좀의 무질서와 혼돈은 이전과 다른 질서와 체계
에 의해 만들어진 배치이고 운동이다. 그것은 나무-체계와 다른
질서, 즉 다양체다. 들뢰즈와 가타리는 땅 밑 줄기로 연결되고 접
속하면서 뻗어 가는 리좀과 그것으로 확장되는 다양체를 '고원'이
라고 명명한다.

《천 개의 고원》은 리좀으로 이루어진 책이다. 이 책을 10년 동
안이나 끼고 반복해서 읽었다. 그토록 오랫동안 붙잡고 있을지는
몰랐다. 반복해서 읽으며 나라는 미천한 존재가 미토콘드리아 단
위에서 리셋되는 경험을 했다. 어쨌든 《천 개의 고원》과 관련된 책
100여 권을 구해 읽다가 시상-피질계와 뇌간-변연계의 어떤 부
분이 홀연 열리는 기쁨을 맛보았다.

2002년에는 한국과 일본이 월드컵 경기를 공동으로 유치하고
치렀다. 아트 사커를 내세운 지단이 이끄는 프랑스 팀이 예선에서

탈락하고, 한국이 이탈리아와 스페인을 꺾고 4강에 올라갔다. 축구는 20세기 인류가 창안해 낸 새로운 종교다. 유럽에서 전파한 축구라는 복음은 아프리카, 아시아, 남미로 퍼졌다. 축구장은 성전이고, 관중들은 성전에서 예배를 드리는 신도이다. 스물두 명의 선수와 심판들이 경기장으로 들어서는 순간부터 선수들과 관중은 심장 박동이 빨라진다. 관중들이 몽롱한 표정으로 경기에 몰입할 때 그것은 종교적 황홀경에 빠진 사람과 다르지 않다. 광화문 광장에서는 붉은 티셔츠를 입은 사람들이 함께 모여 응원했다. 경기도 남단의 시골구석에서는 텔레비전 중계를 보며 나 혼자 광란을 벌였다. 내 느닷없는 고함에 놀란 마당의 개들이 컹컹 짖고 날뛰었다. 그 사이에 서울과 안성을 고달프게 오가며 동덕여대, 경희사이버대, 명지전문대 등에서 소설 창작과 시 창작에 관한 강의를 했다.

2003년 《현대시학》에 발표한 비평문 〈얼굴의 시학〉으로 제1회 애지문학상을 받았다. 이 느닷없는 상은 비평가 반경환의 우정을 빙자한 시혜라고 기꺼이 받아들였다. 그해 4월 1일, 홍콩에서 영화배우 장국영이 호텔에서 뛰어내려 목숨을 끊었다. 그의 팬을 자처하는 애인과 함께 있다가 뉴스를 들었다. 공교롭게도 그날이 만우절이어서 여러 사람들이 뉴스를 농담으로 받아들였다. 홍콩 경찰은 이날 오후 장국영이 홍콩 섬 센트럴에 있는 원화둥팡호텔 24층에서 추락하여 병원으로 옮겼으나 숨졌다고 밝혔다. 서울에서는 한 노시인이 고층 빌딩에서 몸을 날렸다. 물론 그는 몸이 지상에 착지하는 순간 즉사했다. 그는 새가 아니고, 중력의 법칙에서 벗어날 수도 없었다.

2004년부터 2006년까지 선배 김종해 시인이 한국시인협회 회장직을 수행할 때 사무총장을 맡아 일을 했다.

2005년 서울에서 대학을 마친 딸애가 미국으로 유학을 떠났다. 딸애를 떠나보낸 뒤 뜻밖에도 상심이 컸고, 보름 정도를 심하게 앓았다. 그밖에는 별일이 없었다. 대체로 잘 먹고 잘 살았다. 술보다는 차를 즐겨 마시고, 더러는 명상도 했다. 안성 시립 도서관에서 소설 창작 강의를 하고, 안성 난실리에 있는 '편운재'에서 매주 한 번씩 시 창작 강의를 했다. 서울에 있는 '풀로 엮은 집'과 '아트 앤 스터디'에서 한국 문학사 강의를 했다.

2006년에서 2013년 사이에 전국에 광통신망이 깔리고 인터넷과 스마트폰이 퍼졌다. 정보 통신의 태평성대에 '88만원 세대'와 비정규직들이 양산되었다. 2007년 무렵부터 3년 동안 국악방송(FM99.1MHz)에 나가 〈문화 사랑방〉과 〈행복한 문학〉 등의 프로그램 진행자로 활동했다. 2009년 5월 23일 오전, 갑자기 노무현 전 대통령이 바위에서 뛰어내려 자살했다. 전직 대통령의 자살 소식을 접하고 종일 비통하고 애석했다. 내 마음이 비통했으므로 세상의 풍경들이 함께 비통했다.

2010년 3월부터 2012년 10월까지 세계일보에 〈장석주 시인의 인문학 산책〉을 격주로 연재했다. 2010년은 이상 탄생 100주기였고, 그것을 기념해 조선일보 지면에 〈이상과 모던뽀이들〉을 연재하고, 나중에 이를 묶고 글을 보태 《이상과 모던뽀이들》을 펴냈다. 2010년에 시집 《몽해항로》를 내고, 이듬해 계간 《미네르바》에서 주는 제1회 질마재문학상을 받았다. 시인으로 등단한 후 35년 만에 처음 받는 문학상이었다. 나는 불현듯 내 탯자리인 내륙의 한 작은 마을을 방문했다. 집을 둘러싼 편백나무들은 키가 더 높아졌지만 집은 흔적도 없었다. 그 자리에는 돈사가 들어서 있었다. 신축한 양옥에는 초등학교 교사를 하다가 퇴임한 사람이 살고 있었다. 나는 지천명을 넘기고, 여전히 책을 읽고, 책 몇 권을 더 썼다.

2011년 1월부터 12월까지 월간 《신동아》에 〈크로스 인문학〉을 연재했다. 2011년 KBS 1라디오의 〈책 읽는 밤〉에서 '장석주의 힐링북'이라는 코너에, 2011년부터 2012년까지 MBC 라디오의 〈성경섭이 만난 사람들〉에서 '인문학 카페'라는 코너에 고정 출연했다.

2012년에는 《일상의 인문학》과 《마흔의 서재》 등을 썼다. 인세를 받아 세금을 내고 쌀과 부식들을 샀다. 두 아이가 미국에서 영주권을 얻고 살 자리를 마련했다. 나는 키가 자라지 않았다. 2012년 12월에 동북아역사재단에서 주는 독도사랑상을 받았다. 동북아역사재단 관계자들로부터 문학의문학에서 펴낸 성인 우화 《독도고래》가 좋은 평가를 받았다는 얘기를 들었다.

2013년 문예중앙에서 펴낸 시집 《오랫동안》으로 영랑시문학

회와 계간《시와시학》이 공동 주관하고 강진군에서 수여하는 제 11회 영랑시문학상 수상자로 결성되었다는 통보를 받았다.《철학자의 사물들》과《동물원과 유토피아》라는 책이 잇달아 나왔다. 이로써 저술 목록이 70여 권에 이르렀다.

도마뱀은 꼬리에 덧칠할 물감을
어디에서 구할까

초판 1쇄 인쇄 2014년 4월 10일
초판 1쇄 발행 2014년 4월 17일

지은이 장석주

펴낸이 박세현
펴낸곳 서랍의날씨

기획위원 김근 · 이영주
편집 김종훈 · 이선희
디자인 강진영
영업 전창열

주소 (우)121-250 서울시 마포구 성산동 275-60번지 교홍빌딩 305호
전화 070-8821-4312 | **팩스** 02-6008-4318
이메일 fandombooks@naver.com
블로그 http://blog.naver.com/fandombooks

등록번호 제25100-2010-154호

ISBN 978-89-94792-82-8 03810

서랍의날씨는 팬덤북스의 인문 · 문학 브랜드입니다.